海子诗集

海子 著

人民日报出版社

目录
Contents

东方山脉/ 1

农耕民族/ 4

阿尔的太阳/ 5

海上/ 7

我,以及其他的证人/ 8

新娘/ 10

单翅鸟/ 11

亚洲铜/ 13

中国器乐/ 14

煤堆/ 16

木鱼儿/ 17

印度之夜/ 18

民间艺人/ 20

爱情故事/ 21

黑风/ 23

历史/ 25

村庄/ 27

自画像/ 28

活在珍贵的人间/ 29

熟了麦子/ 30

中午/ 32

为了美丽/ 34

写给脖子上的菩萨／35

明天醒来我会在哪一只鞋子里／37

孤独的东方人／39

十四行：夜晚的月亮／41

房屋／42

坐在纸箱上想起疯了的朋友们／43

让我把脚丫搁在黄昏中一位木匠的工具箱上／44

给卡夫卡／45

从六月到十月／46

黎明／47

肉体（之一）／48

肉体（之二）／50

梭罗这人有脑子（组诗）／52

葡萄园之西的话语／57

海子小夜曲／58

给你（组诗）／60

谣曲（四首）／63

我感到魅惑／66

诗集／68

哭泣／69

村庄／70

在昌平的孤独／71

马（断片）／72

春天（断片）／75

海滩上为女士算命／79

感动／80

给安徒生（组诗）／82

给1986／83

北斗七星　七座村庄/ 84

怅望祁连（之一）/ 85

怅望祁连（之二）/ 86

七月不远/ 87

敦煌/ 89

九月/ 90

九月的云/ 91

给母亲（组诗）/ 92

九盏灯（组诗）/ 96

雨鞋/ 99

献诗/ 100

病少女/ 101

美丽白杨树/ 102

夜晚　亲爱的朋友/ 104

晨雨时光/ 105

两座村庄/ 106

长发飞舞的姑娘（五月之歌）/ 108

北方的树林/ 109

五月的麦地/ 110

月光/ 111

诗人叶赛宁（组诗）/ 113

盲目/ 122

十四行：王冠/ 124

十四行：玫瑰花园/ 125

日出/ 126

土地·忧郁·死亡/ 127

十四行：玫瑰花/ 128

秋/ 129

秋天/ 130

秋日黄昏/ 132

九寨之星/ 134

昌平柿子树/ 135

枫/ 136

尼采,你使我想起悲伤的热带/ 138

不幸(组诗)/ 140

耶稣(圣之羔羊)/ 145

黎明:一首小诗/ 146

给安庆/ 147

九首诗的村庄/ 148

在家乡/ 149

盲目/ 151

灯/ 152

灯诗/ 154

麦地与诗人/ 156

幸福的一日/ 158

重建家园/ 159

秋日想起春天的痛苦 也想起雷锋/ 160

秋日山谷/ 161

八月之杯/ 162

八月 黑色的火把/ 163

秋/ 164

祖国(或以梦为马)/ 165

黎明和黄昏/ 167

大风/ 171

桃花/ 172

一滴水中的黑夜/ 173

夜色／175

野鸽子／176

眺望北方／177

跳伞塔／179

太阳和野花／181

绿松石／185

青海湖／186

日记／187

黑翅膀／188

我飞遍草原的天空／189

冬天／191

七百年前／193

远方／194

西藏／196

海底卧室／197

无名的野花／198

在大草原上预感到海的降临／200

花儿为什么这样红／201

遥远的路程／202

面朝大海,春暖花开／203

酒杯／204

最后一夜和第一日的献诗／205

太平洋的献诗／206

黑夜的献诗／207

折梅／209

献诗／210

黎明(之一)／211

黎明(之二)／212

四姐妹／ 214

拂晓／ 216

黎明(之三)／ 219

月全食／ 221

日落时分的部落／ 224

春天,十个海子／ 225

桃花开放／ 227

你和桃花／ 228

桃花时节／ 230

桃花／ 232

春天／ 233

太平洋上的贾宝玉／ 237

献诗／ 238

龙／ 239

女孩子／ 240

妻子和鱼／ 241

思念前生／ 243

日光／ 245

月／ 246

我坐在一棵木头中／ 247

春天／ 248

半截的诗／ 249

爱情诗集／ 250

歌或哭／ 251

我的窗户里埋着一只为你祝福的杯子／ 252

果园／ 253

死亡之诗(之一)／ 254

死亡之诗(之二:采摘葵花)／ 255

自杀者之歌/ 257

给萨福/ 258

大自然/ 260

不幸/ 261

泪水/ 262

喜马拉雅/ 264

雨/ 266

马、火、灰——鼎/ 268

水抱屈原/ 269

给伦敦/ 270

麦地(或遥远)/ 271

两行诗/ 272

四行诗/ 274

东方山脉

三角洲和碎花的笑
一起甩到脑后
一块大陆在愤怒地骚动
北方平原上红高粱
已酿成新生的青春期鲜血
养育火红的山冈成群
像浪
倾斜着地平线和远岸的大陆架
将东方螺的传说雕成圆锥形
这里,道道山梁架住了天空

让大川从胸中涌出
让头顶长满密林和喷火口
为了光明
我生出一对又一对
深黑的眼睛和穴居的人群
用雪水在石壁上画了许多匹野牛
他们赶着羊就出发了
手中的火种发芽
和麦粒一道支起窝棚

后来情歌在平坦的地方
绘出语法规则
绘成村落
敲击着旷野

即使脚下布满深谷
即使洪水淹没了我的兄弟
即使姐妹们的哭泣
升到天上结成一个又一个响雷
即使东方的部落群没有写进书本
因而只在孩子琥珀色眼球里丛生
根连着根
像野草一样布满荒原
即使旗帜迟迟没有
从那方草坪上升起
因而文字仿佛艰涩
历史仿佛漫长

我捞起岛屿
和星星般隐逸的情感
我亲吻着每一座坟头
让它们吐出桑叶
在所有的河岸上排成行
划分着大江流向
划分着领土
我把最东方留给一片高原
留给龙族人

让他们开始治水
让他们射下多余的太阳
让他们插上毛羽
就在那面东亚铜鼓上出发

会有的,会的
会有鹭鸶和青草鱼一样的龙舟
会有创造的季节
请放出鸥群
和关在沼地里的绿植被
把伏向小河的家乡丘陵拉直
列队,由北压向南
由西压向东

把我的岩石和汉子的三角肌
一同描在族徽上吧
把我的松涛连成火把吧
把我的诗篇
在哭泣后反抗的夜里
传往远方吧
让孩子们有一本自己的历史画
让我去拥抱世界

1983

农耕民族

在发蓝的河水里
洗洗双手
洗洗参加过古代战争的双手
围猎已是很遥远的事
不再适合
我的血
把我的宝剑
盔甲
以至王冠
都埋进四周高高的山上
北方马车
在黄土的情意中住了下来

而以后世代相传的土地
正睡在种子袋里

1983

阿尔的太阳[①]
——给我的瘦哥哥

"一切我所向着自然创作的,是栗子,从火中取出来的。啊,那些不信仰太阳的人是背弃了神的人。"

到南方去
到南方去
你的血液里没有情人和春天
没有月亮
面包甚至都不够
朋友更少
只有一群苦痛的孩子,吞噬一切
瘦哥哥凡·高,凡·高啊
从地下强劲喷出的
火山一样不计后果的
是丝杉和麦田
还是你自己

[①] 阿尔系法国南部一小镇,凡·高在此创作了七八十幅画,这是他的黄金时期。——海子自注。

喷出多余的活命的时间
其实，你的一只眼睛就可以照亮世界
但你还要使用第三只眼，阿尔的太阳
把星空烧成粗糙的河流
把土地烧得旋转
举起黄色的痉挛的手，向日葵
邀请一切火中取栗的人
不要再画基督的橄榄园
要画就画橄榄收获
画强暴的一团火
代替天上的老爷子
洗净生命
红头发的哥哥，喝完苦艾酒
你就开始点这把火吧
烧吧

1984.4

海上

所有的日子都是海上的日子
穷苦的渔夫
肉疙瘩像一卷笨拙的绳索
在波浪上展开
想抓住远方
闪闪发亮的东西
其实那只是太阳的假笑
他抓住的只是几块会腐烂的木板：
房屋、船和棺材

成群游来鱼的脊背
无始无终
只有关于青春的说法
一触即断

1984.6

我，以及其他的证人

故乡的星和羊群
像一支支白色美丽的流水
跑过
小鹿跑过
夜晚的目光紧紧追着

在空旷的野地上，发现第一枝植物
脚插进土地
再也拔不出
那些寂寞的花朵
是春天遗失的嘴唇

为自己的日子
在自己的脸上留下伤口
因为没有别的一切为我们作证

我和过去
隔着黑色的土地
我和未来
隔着无声的空气

我打算卖掉一切
有人出价就行
除了火种、取火的工具
除了眼睛
被你们打得出血的眼睛

一只眼睛留给纷纷的花朵
一只眼睛永不走出铁铸的城门
　　黑井

1984.6

新娘

故乡的小木屋、筷子、一缸清水
和以后许许多多日子
许许多多告别
被你照耀

今天
我什么也不说
让别人去说
让遥远的江上船夫去说
有一盏灯
是河流幽幽的眼睛
闪亮着
这盏灯今天睡在我的屋子里

过完了这个月,我们打开门
一些花开在高高的树上
一些果结在深深的地下

1984.7

单翅鸟

单翅鸟为什么要飞呢
为什么
头朝着天地
躺着许多束朴素的光线

菩提,菩提想起
石头
那么多被天空磨平的面孔
都很陌生
堆积着世界的一半
摸摸周围
你就会拣起一块
砸碎另一块

单翅鸟为什么要飞呢
我为什么
喝下自己的影子
揪着头发作为翅膀
离开

也不知天黑了没有
穿过自己的手掌比穿过别人的墙壁还难
单翅鸟
为什么要飞呢

肥胖的花朵
喷出水
我眯着眼睛离开
居住了很久的心和世界

你们都不醒来
我为什么
为什么要飞呢

1984.9

亚洲铜

亚洲铜,亚洲铜
祖父死在这里,父亲死在这里,我也将死在这里
你是唯一的一块埋人的地方

亚洲铜,亚洲铜
爱怀疑和爱飞翔的是鸟,淹没一切的是海水
你的主人却是青草,住在自己细小的腰上,守住野花的手掌和
　秘密

亚洲铜,亚洲铜
看见了吗?那两只白鸽子,它是屈原遗落在沙滩上的白鞋子
让我们——我们和河流一起,穿上它吧

亚洲铜,亚洲铜
击鼓之后,我们把在黑暗中跳舞的心脏叫做月亮
这月亮主要由你构成

1984.10

中国器乐

锣鼓声
锵锵
音乐的墙壁上所有的影子集合
去寻找一个人
一个善良的主人
锵锵
去寻找中国老百姓
泪水锵锵
中国器乐用泪水寻找中国老百姓
秦腔
今夜的闪电
一条条
跳入我怀中,跳入河中

蛇皮二胡拉起。
南瓜地里沾满红土的
孩子思乳的哭声
夜空漫漫长长
哭吧
鱼含芦苇

爬上岸来准备安慰
但是
哭吧
瞎子阿炳站在泉边说
月亮今夜也哭得厉害

断断续续的口弦声钻入港口的外国船舱
第一水手呆了
第二水手呆了
那些歌曲钉在黄发水手的脑袋上

1984.11

煤堆

煤堆
闯进冬天的
黑色主人
拉着大家的手
径直走进房屋

火
闪着光

把病牛牵进来!
它像一片又瘦又长的树叶
落上稻草:唉,这没有泥土的日子
但是煤说:
火
闪着光

1984.11

木鱼儿

八千年三万里
问你何在?

猫的笑声
穿过生锈的铁羽毛

青年人
暴晒土地

宝塔回到城市
车祸丛生

宝塔摸摸脖子
脖子莫非是别人的通道?

木鱼儿,木鱼儿
大劫后的鼻音

1984.11

印度之夜

月亮神秘地西渡
恒河，佛洞里摆满了别人的牙齿

星星和菜豆
天地间一串紫色的连线，真正的连线

黑色疯长八丈
大风隐隐

城市，最近才出现的小东西
跟沙漠一样爱吃植物和小鱼

月光下一群群乌鸦
自己以为是黑衣新嫁娘

没有人向她们求婚
只好边叫边梳理头发

睡在仓库的老人
影子在手掌上漫游，影子是劳动

面壁,面壁,出现思想者自己
祈求小麦花永远美丽

1984.11

民间艺人

平原上有三个瞎子
要出远门

红色的手鼓在半夜
突然敲响

并没有死人
并没有埋下枣木拐杖

敲响,敲响
心在最远的地方沉睡

平原上有三个瞎子
要出远门

那天夜里
摸黑吃下高粱饼

1984. 11

爱情故事

两个陌生人
朝你的城市走来

今天夜晚
语言秘密前进
直到完全沉默

完全沉默的是土地
传出民歌沥沥
淋湿了
此心长得郁郁葱葱

两个猎人
向这座城市走来
向王后走来
身后哒姆哒姆
迎亲的鼓
代表无数的栖息与抚摸

两个陌生人

从不说话
向你的城市走来
是我的两只眼睛

1984. 12

黑风

掠过田野的那黑风
那第四次的
口粮和旗帜
就要来了!

聚拢的马群将被劫走
星星将被吹散
他在所有的脚印上覆盖
一种新的草药
遗忘的就要永远被遗忘了
窗子忧伤地关上了
有一两盏橘黄朴素的灯也要熄灭
他们来了
他们是黑色的风

后来他们表达了一种失败的东西
他们留下苦苦创生的胚芽
他们哭了
把所有的人哭醒之后
又走了

走得奇怪

以后所有的早晨都非常奇怪

马儿长久地奔跑,太阳不灭,物质不灭
　　苹果突然熟了

还有一些我们熟悉的将要死去

我们不熟悉的慢慢生根

人们啊,所有交给你的

都异常沉重

你要把泥沙握得紧紧

在收获时应该微笑

没必要痛苦地提起他们

没必要忧伤地记住他们

1984. 12

历史

我们的嘴唇第一次拥有
蓝色的水
盛满陶罐
还有十几只南方的星辰
火种
最初忧伤的别离

岁月呵

你是穿黑色衣服的人
在野地里发现第一枝植物
脚插进土地
再也拔不出
那些寂寞的花朵
是春天遗失的嘴唇

岁月呵,岁月

公元前我们太小
公元后我们又太老

没有人见到那一次真正美丽的微笑
但我还是举手敲门
带来的象形文字
撒落一地

岁月呵
岁月

到家了
我缓缓摘下帽子
靠着爱我的人
合上眼睛
一座古老的铜像坐在墙壁中间
青铜浸透了泪水

岁月呵

1984

村庄

村庄里住着
母亲和儿子
儿子静静地长大
母亲静静地注视

芦花丛中
村庄是一只白色的船
我妹妹叫芦花
我妹妹很美丽

1984

自画像

镜子是摆在桌上的
一只碗
我的脸
是碗中的土豆
嘿,从地里长出了
这些温暖的骨头

1984

活在珍贵的人间

活在这珍贵的人间
太阳强烈
水波温柔
一层层白云覆盖着
我
踩在青草上
感到自己是彻底干净的黑土块

活在这珍贵的人间
泥土高溅
扑打面颊
活在这珍贵的人间
人类和植物一样幸福
爱情和雨水一样幸福

1985. 1. 12

熟了麦子

那一年
兰州一带的新麦
熟了

在水面上
混了三十多年的父亲
回家来

坐着羊皮筏子
回家来了

有人背着粮食
夜里推门进来

油灯下
认清是三叔

老哥俩
一宵无言
只有水烟锅

咕噜咕噜

谁的心思也是
半尺厚的黄土
熟了麦子呀!

1985. 1. 20

中午

中午是一丛美丽的树枝
中午是一丛眼睛画成的树枝
看着你

看着你从门前走过
或是走进我的门

走进门
你在

你在一生的情义中
来到
落下布帆
仿佛水面上我握住你的手指

（手指
是船）
心上人
爱着，第一次
都很累，船

泊在整个清澈的中午

"你喝水吧
我给你倒了
一碗水"

写字间里
中午是一丛眼睛画成的
看着你

1985. 1. 26 半夜

为了美丽

为了美丽
我砸了一个坑
也是为了下雨

清亮的积水上
高一只
低一只
小雨儿如鸟

羽毛湿湿
掀动你的红头巾
都是为了美丽

提着裤带的小男孩
那时刻
戴一只黑帽子

1985.1

写给脖子上的菩萨

呼吸，呼吸
我们是装满热气的
两只小瓶
被菩萨放在一起

菩萨是一位很愿意
帮忙的
东方女人
一生只帮你一次

这也足够了
通过她
也通过我自己
双手碰到了你，你的

呼吸

两片抖动的小红帆
含在我的唇间
菩萨知道

菩萨住在竹林里
她什么都知道
知道今晚
知道一切恩情
知道海水是我
洗着你的眉
知道你就在我身上呼吸，呼吸

菩萨愿意
菩萨心里非常愿意
就让我出生
让我长成的身体上
挂着潮湿的你

1985.4

明天醒来我会在哪一只鞋子里

我想我已经够小心翼翼的
我的脚趾正好十个
我的手指正好十个
我生下来时哭几声
我死去时别人又哭
我不声不响地
带来自己这个包袱
尽管我不喜爱自己
但我还是悄悄打开

我在黄昏时坐在地球上
我这样说并不表明晚上
我就不在地球上　早上同样
地球在你屁股下
结结实实
老不死的地球你好

或者我干脆就是树枝
我以前睡在黑暗的壳里
我的脑袋就是我的边疆

就是一颗梨
在我成形之前
我是知冷知热的白花

或者我的脑袋是一只猫
安放在肩膀上
造我的女主人荷月远去
成群的阳光照着大猫小猫
我的呼吸
一直在证明
树叶飘飘

我不能放弃幸福
或相反
我以痛苦为生
埋葬半截
来到村口或山上
我盯住人们死看：
呀，生硬的黄土，人丁兴旺

1985. 6. 6

孤独的东方人

孤独的东方人第一次感到月光遍地
月亮如轻盈的野兽
踩入林中
孤独的东方人第一次随我这月亮爬行

(爱人像一片叶子完整地藏在树上
正是她只身随我进入河流)

爬行中
不能没有
一路思念
让我谢谢你,几番追逐之后
爱情远遁心中
让我在树下和夜晚对面而坐

(爱人说孩子
孩子是
落入怀中的阳光
哇哇大哭)

于是
孤独的东方人开口闭口之间
太阳已出
我爬行只求：
孩子平安
我爬行只求：人爱我心

1985. 6. 14

十四行：夜晚的月亮

推开树林
太阳把血
放入灯盏

我静静坐在
人的村庄
人居住的地方

一切都和本原一样
一切都存入
人的世世代代的脸
一切不幸

我仿佛
一口祖先们
向后代挖掘的井。
一切不幸都源于我幽深而神秘的水

1985.6.19

房屋

你在早上
碰落的第一滴露水
肯定和你的爱人有关
你在中午饮马
在一枝青丫下稍立片刻
也和她有关
你在暮色中
坐在屋子里，不动
还是与她有关

你不要不承认

巨日消隐，泥沙相合，狂风奔起
那雨天雨地哭得有情有意
而爱情房屋温情地坐着
遮蔽母亲也遮蔽儿子

遮蔽你也遮蔽我

1985

坐在纸箱上想起疯了的朋友们

旧菊花安全
旧枣花安全
扪摸过的一切
都很安全

地震时天空很安全
伴侣很安全
喝醉酒时酒杯很安全
心很安全

1986.2

让我把脚丫搁在黄昏中一位木匠的工具箱上

我坐在中午,苍白如同水中的鸟
苍白如同一位户内的木匠
在我钉成一支十字木头的时刻
在我自己故乡的门前
对面屋顶的鸟
有一只苍老而死

是谁说,寂静的水中,我遇见了这只苍老的鸟

就让我歇脚在马厩之中
如果不是因为时辰不好
我记得自己来自一个更美好的地方
让我把脚丫搁在黄昏中一位木匠的工具箱上
或者让我的脚丫在木匠家中长成一段白木
正当鸽子或者水中的鸟穿行于未婚妻的腹部
我被木匠锯子锯开,做成木匠儿子
的摇篮。十字架

1986. 6. 15

给卡夫卡

囚徒核桃的双脚

在冬天放火的囚徒
无疑非常需要温暖
这是亲如母亲的火光
当他被身后的几十根玉米砸倒
在地,这无疑又是
富农的田地

当他想到天空
无疑还是被太阳烧得一干二净
这太阳低下头来,这脚镣明亮
无疑还是自己的双脚,如同核桃
埋在故乡的钢铁里
工程师的钢铁里

1986. 6. 16

从六月到十月

六月积水的妇人,囤积月光的妇人
七月的妇人,贩卖棉花的妇人
八月的树下
洗耳朵的妇人
我听见对面窗户里
九月订婚的妇人
订婚的戒指
像口袋里潮湿的小鸡
十月的妇人则在婚礼上
吹熄盘中的火光,一扇扇漆黑的木门
飘落在草原上

1986. 6. 19

黎明

黎明以前的深水杀死了我。

月光照耀仲夏之夜的脖子
秋天收割的脖子。我的百姓

秋天收起八九尺的水
水深杀我,河流的丈夫
收起我的黎明之前的头

黎明之前的亲人抱玉入楚国
唯一的亲人
黎明之前双腿被砍断

秋天收起他的双腿
像收起八九尺的水

那是在五月。黎明以前的深水杀死了我

1986. 6. 20

肉体(之一)

在甜蜜果仓中
一枚松鼠肉体般甜蜜的雨水
穿越了天空　蓝色
的羽翼

光芒四射

并且在我的肉体中
停顿了片刻

落到我的床脚
在我手能摸到的地方
床脚变成果园温暖的树桩

它们抬起我
在一只飞越山梁的大鸟
我看见了自己
一枚松鼠肉体
般甜蜜的雨水

在我的肉体中停顿
了片刻

1986.6

肉体(之二)

肉体美丽
肉体是树林中
唯一活着的肉体
肉体美丽

肉体,远离其他的财宝
远离其他的神秘兄弟

肉体独自站立
看见了鸟和鱼

肉体睡在河水两岸
雨和森林的新娘
睡在河水两岸

垂着谷子的大地上
太阳和肉体
一升一落,照耀四方
像寂静的
节日的

财宝和村庄
照耀

只有肉体美丽

野花,太阳明亮的女儿
河川和忧愁的妻子
感激肉体来临
感激灵魂有所附丽
(肉体是野花的琴
盖住骨骼的酒杯)

感激我自己沉重的骨骼
也能做梦

肉体是河流的梦
肉体看见了采茴香的人迎着泉水

肉体美丽
肉体是树林中
唯一活着的肉体
死在树林里
迎着墓地
肉体美丽

1986

梭罗这人有脑子(组诗)

1.

梭罗这人有脑子
像鱼有水、鸟有翅
云彩有天空

2.

好在这人不是女性
否则会有一对
洁白的冬熊
摇摇晃晃上路
靠近他乳房
凑上嘴唇

3.

梭罗这人有脑子
梭罗手头没有别的

抓住了一根棒木
那木棍揍了我
狠狠揍了我
像春天揍了我

4.

梭罗这人有脑子
看见湖泊就高兴

5.

梭罗这人有脑子
用鸟巢做邮筒
两封信同时飞到
还生下许多小信
羽毛翩跹

6.

梭罗这人有脑子
不言不语让东窗天亮西窗天黑
其实他哪有窗子
梭罗这人有脑子
不言不语又做男人又做女人
其实生下的儿子还是他自己

7.

灯火的屋中
梭罗的盔
——一卷荷马

这人有脑子
以雪代马
渡我过水

8.

梭罗这人有脑子
月亮照着他的鼻子

9.

那个抒情的鼻子
靠近他的脑子
靠近他深如树林的眼睛
靠近他饮水的唇
　　（愿饮得更深）

构成脑袋
或者叫头

10.

白天和黑夜
像一白一黑
两只寂静的猫
睡在你肩头

你倒在林间路途上

让床在木屋中生病
梭罗这人有脑子
让野花结成果子

11.

梭罗这人有脑子
像鱼有水、鸟有翅
云彩有天空

梭罗这人就是
我的云彩，四方邻国
的云彩，安静
在豆田之西
我的草帽上

12.

太阳，我种的
豆子，凑上嘴唇
我放水过河

梭罗这人有脑子

梭罗的盔
——一卷荷马

1986. 8. 15

葡萄园之西的话语

也好
我感到
我被抬向一面贫穷而圣洁的雪地
我被种下,被一双双劳动的大手
仔仔细细地种下

于是,我感到所罗门的帐幔被一阵南风掀开
所罗门的诗歌
一卷卷
滚下山腰
如同泉水
打在我脊背上

涧中黑而秀美的脸儿
在我的心中埋下。也好
我感到我被抬向一面贫穷而圣洁的雪地
你这女子中极美丽的,你是我的棺材,我是你的棺材

1986. 8. 25

海子小夜曲

以前的夜里我们静静地坐着
我们双膝如木
我们支起了耳朵
我们听得见平原上的水和诗歌
这是我们自己的平原，夜晚和诗歌

如今只剩下我一个
只有我一个双膝如木
只有我一个支起了耳朵
只有我一个听得见平原上的水
　　诗歌中的水
在这个下雨的夜晚
如今只剩下我一个
为你写着诗歌
这是我们共同的平原和水
这是我们共同的夜晚和诗歌

是谁这么说过　海水

要走了　要到处看看
我们曾在这儿坐过

1986.8

给你（组诗）

1.

在赤裸的高高的草原上
我相信这一切：
我的脚，一颗牝马的心
两道犁沟，大麦和露水
在那高高的草原上，白云浮动
我相信天才，耐心和长寿
我相信有人正慢慢地艰难地爱上我
别的人不会，除非是你
我俩一见钟情
在那高高的草原上
赤裸的草原上
我相信这一切
我相信我俩一见钟情

2.

我爱你

跑了很远的路
马睡在草上
月亮照着他的鼻子

3.

爱你的时刻
住在旧粮仓里
写诗在黄昏

我曾和你在一起
在黄昏中坐过
在黄色麦田的黄昏
在春天的黄昏
我该对你说些什么

黄昏是我的家乡
你是家乡静静生长的姑娘
你是在静静的情义中生长
没有一点声响
你一直走到我心上

4.

当她在北方草原摘花的时候
我的双手驶过南方水草
用十指拨开

寂寞的家门

她家木门下几个姐妹的脸
亲人的脸
像南方的雨
真正的雨水
落在我头上

5.
冬天的人
像神祇一样走来
因为我在冬天爱上了你

1986. 8

谣曲（四首）

之一

你是我的哥哥你招一招手
你不是我的哥哥你走你的路

小灯，小灯，抬起他埋下的眼睛

你的树丛大而黑
你的辕马不安宁
你的嘴唇有野蜜
你是丈夫——还是兄弟

小灯，小灯，抬起他埋下的眼睛

你是我的哥哥你招一招手
你不是我的哥哥你走你的路

之二

白鸽，白鸽
扎好我的头巾
风吹着你们的身子
像吹我白色头巾

白鸽白鸽你别说
美丽的脑袋小太阳
到了黑夜变月亮
白鸽白鸽你别说

之三

南风吹木
吹出花果
我要亲你
花果咬破

之四

月亮月亮慢慢亮
照着一只木头床
河流河流快快流
渡过我的心头肉

白马过河一片白
黑马过河一片黑
这一条河流
总是心头的河流

白马过河是月圆
黑马过河是月残
这一只月亮
总是床头的月亮

1986. 8

我感到魅惑

天上的音乐不会是手指所动
手指本是四肢安排的花豆
我的身子是一份甜蜜的田亩

我感到魅惑
我就想在这条魅惑之河上渡过我自己
我的身子上还有拔不出的春天的钉子

我感到魅惑
美丽女儿,一流到底
水儿仍旧从高向低

坐在三条白蛇编成的篮子里
我有三次渡过这条河
我感到流水滑过我的四肢
一只美丽鱼婆做成我缄默的嘴唇

我看见,风中飘过的女人
在水中产下卵来
一片霞光中露出来的长长的卵

我感到魅惑
满脸草绿的牛儿
倒在我那牧场的门厅

我感到魅惑
有一种蜂箱正沿河送来
蜂箱在睡梦中张开许多鼻孔

有一只美丽的鸟面对树枝而坐
我感到魅惑

我感到魅惑
小人儿,既然我们相爱
我们为什么还在河畔拔柳哭泣

1986.9

诗集

诗集
珠宝的粪筐

母牛的眼睛把她的手搁在诗集上
忧伤的灯把她的手搁在诗集上

没有一棵树是我的
感觉之树因而叫唤

诗集,穷人的丁当作响的村庄
第一台酒柜抬入村庄

诗集,我嘴唇吹响的村庄
王的嘴唇做成的村庄

1986.12

哭泣

哭泣——一朵乌黑的火焰
我要把你接进我的屋子
屋顶上有两位天使拥抱在一起
哭泣——我是湖面上最后一只天鹅
黑色的天鹅像我黑色的头发在湖水中燃烧
用你这黑色的谷仓带走我
哭泣——一朵乌黑的新娘
我要把你放在我的床上
我的泪水中有对自己的哀伤

1986.12

村庄

村庄,在五谷丰盛的村庄,我安顿下来
我顺手摸到的东西越少越好!
珍惜黄昏的村庄,珍惜雨水的村庄
万里无云如同我永恒的悲伤

1986

在昌平的孤独

孤独是一只鱼筐
是鱼筐中的泉水
放在泉水中

孤独是泉水中睡着的鹿王
梦见的猎鹿人
就是那用鱼筐提水的人

以及其他的孤独
是柏木之舟中的两个儿子
和所有女儿,围着诗经桑麻沅湘木叶
在爱情中失败
他们是鱼筐中的火苗
沉到水底

拉到岸上还是一只鱼筐
孤独不可言说

1986

马（断片）

0.

……而你无知的母亲
还是生下了你
总有一天
你我相遇
而那无知的马受惊的马一跃而起
踏碎了我

1.

太阳，吐血的母马
她一头倒在
我身上
我全身起了大火

因此我四肢在空中燃烧，翻腾
碰到一匹匹受伤的马阵亡的马
你还在上面，还在上面

我的沉重的身子却早在下沉
一路碰撞
接着双手摸到的只有更低处的谷子
还有平原的谷仓
你还在上面,在上面,而平原的谷仓坍塌
匆匆把我掩埋

2.

燃烧的马,拉着尸体,冲出了大地
所行的路上
大马的头颅
拖着人头
晃动
如几株大麦
挡不住!

3.

当另一批白色马群来到
破门而入
倒在你室内的地上
久久昏睡不醒
久久

要知道
她们跑过了许多路

她们——
我诗歌的女儿
就只好破门而入

蒙古的城市噢
青色的城

4.

我就是那疯狂的、裸着身子
　　　驮过死去诗人的
　　　　马
整座城市被我的创伤照亮
斜插在我身上的无数箭枝
被血浸透
就像火红的玉米

1986

春天（断片）

0.

一匹跛了多年的
红色小马
躺在我的小篮子里
故乡晴空万里
故乡白云片片
故乡水声汩汩
我的红色小马躺在小篮子里
就像我手心的红果实
听不见窗户下面
生锈的声音

就像一把温暖的果实

1.

我的头随草起伏
如同纸糊的歪灯

我的胳膊是
一条运猫的小船
停在河岸
一条草
看见走过来的
干净的身子
不多

2.

远方寂寞的母亲
也只有依靠我这
负伤的身体。母亲
望着猎户消匿的北方
刮断梅花
窗户长久地存满冰块
村子中间
淘井的门前
说话的依旧在轻声说话
树林中孤独的父亲
正对我的弟弟细细讲清：
你去学医
因为你哥哥
那位受伤的猎户
星星在他脸上
映出船样的伤疤

3.

两个温暖的水勺子中
住着一对旧情人

4.

突然想起旧砖头很暖和
想起河里的石子
磨过森林的古鹿之唇
想起青草上花朵如此美丽如此平庸
背对着短树枝
你只有泪水没有言语

而我
手缠树叶
春天的阳光晒到马尾
马的屁股温暖得像一块天上落下的石头

5.

春天是农具所有者的春天

长花短草
贴河而立

这些都是在诗人的葬礼上

隔水梦见一扇门

诗人家中的丑丫头
嫁在南山上

6.

最后的夜雪如孩
手指拨开水
我就在这片乌黑的屋顶上坐下
是不是这片村庄
是不是这个夜晚
有人在头顶扔下
一匹蓝色大马
就把我埋在
这匹蓝色大马里

7.

有伤的季节
拖着尾巴
来到

大家来到
我的外面

1986

海滩上为女士算命

你不用算命
命早就在算你
你举着筷子
你坐在碗沿上
你脱下黑色女靴
就盖住城市的尸体
你裹着布匹
仍然是吃米的老鼠
半截泡在沙滩上
太阳或者钞票上彩色的狗
啃你的脚背
你不用算命
命早就在算你

1986

感动

早晨是一只花鹿
踩到我额上
世界多么好
山洞里的野花
顺着我的身子
一直烧到天亮
一直烧到洞外
世界多么好

而夜晚,那只花鹿
的主人,早已走入
土地深处,背靠树根
在转移一些
你根本无法看见的幸福
野花从地下
一直烧到地面

野花烧到你脸上
把你烧伤
世界多么好

早晨是山洞中
一只踩人的花鹿

1986

给安徒生（组诗）

1.

让我们砍下树枝做好木床

一对天鹅的眼睛照亮
一块可供下蛋的岩石

让我们砍下树枝做好木床
我的木床上有一对幸福天鹅
一只匆匆下蛋，一只匆匆死亡

2.

天鹅的眼睛落在杯子里
就像日月落在大地上

1986

给 1986

"就像两个凶狠的僧侣点火烧着了野菊花地
——这就是我今年的心脏"

(或者绿宝石的湖泊中马匹淹没时仅剩的头颅)
马脑袋里无尽的恐惧!无尽的对于水和果实的恐惧!

"(当我摇着脖子漫游四方
你的嘴唇像深入果园的云彩)
(而我脑袋中残存着马头的恐惧
对于嘴唇和果实的恐惧)"

"(我那清凉的井水
洗着我的脚像洗着两件兵器)
(天鹅的遗骸远远飞来
墓地的喇叭歌唱一个在天鹅身体上砍伐的人)"

1986

北斗七星　七座村庄
——献给萍水相逢的额济纳姑娘

村庄　水上运来的房梁　漂泊不定
还有十天　我就要结束漂泊的生涯
回到五谷丰盛的村庄　废弃果园的村庄
村庄　是沙漠深处你所居住的地方　额济纳！

秋天的风早早地吹　秋天的风高高地吹
静静面对额济纳
白杨树下我吹灭你的两只眼睛
额济纳　大沙漠上静静的睡

额济纳姑娘　我黑而秀美的姑娘
你的嘴唇在诉说　在歌唱
五谷的风儿吹过骆驼和牛羊
翻过沙漠　你是镇子上最令人难忘的姑娘

1986

怅望祁连(之一)

那些是在过去死去的马匹
在明天死去的马匹
因为我的存在
它们在今天不死
它们在今天的湖泊里饮水食盐

天空上的大鸟
从一颗樱桃
或马骷髅中
射下雪来
于是马匹无比安静
这是我的马匹
它们只在今天的湖泊里饮水食盐

1986

怅望祁连（之二）

  星宿　　刀　　乳房
  这就是雪水上流下来的东西
    "亡我祁连山，使我牛羊不蕃息
     失我胭脂山，令我妇女无颜色"
  只有黑色牲畜的尾巴
  鸟的尾巴
  鱼的尾巴
  儿子们脱落的尾巴
  像七种蓝星下
  插在屁股上的麦芒
  风中拂动
  雪水中拂动

  1986

七月不远
——给青海湖,请熄灭我的爱情

七月不远
性别的诞生不远
爱情不远——马鼻子下
湖泊含盐

因此青海不远
湖畔一捆捆蜂箱
使我显得凄凄迷人:
青草开满鲜花

青海湖上
我的孤独如天堂的马匹
(因此,天堂的马匹不远)

我就是那个情种:诗中吟唱的野花
天堂的马肚子里唯一含毒的野花
(青海湖,请熄灭我的爱情!)

野花青梗不远,医箱内古老姓氏不远

（其他的浪子，治好了疾病
已回原籍，我这就想去见你们）

因此跋山涉水死亡不远
骨骼挂遍我身体
如同蓝色水上的树枝

啊，青海湖，暮色苍茫的水面
一切如在眼前！

只有五月生命的鸟群早已飞去
只有饮我宝石的头一只鸟早已飞去
只剩下青海湖，这宝石的尸体
　　　　　暮色苍茫的水面

1986

敦煌

敦煌石窟像马肚子下
挂着一只只木桶
乳汁的声音滴破耳朵——
像远方草原上撕破耳朵的人
来到这最后的山谷
他撕破的耳朵上
悬挂着花朵

敦煌是千年以前
起了大火的森林
在陌生的山谷
是最后的桑林——我交换
食盐和粮食的地方
我筑下岩洞,在死亡之前,画上你
最后一个美男子的形象
为了一只母松鼠
为了一只母蜜蜂
为了让她们在春天再次怀孕

1986

九月

目击众神死亡的草原上野花一片
远在远方的风比远方更远
我的琴声呜咽　泪水全无
我把这远方的远归还草原
一个叫马头　一个叫马尾
我的琴声呜咽　泪水全无

远方只有在死亡中凝聚野花一片
明月如镜高悬草原映照千年岁月
我的琴声呜咽　泪水全无
只身打马过草原

1986

九月的云

九月的云
展开殓布

九月的云
晴朗的云

被迫在盘子上,我
刻下诗句和云

我爱这美丽的云

水上有光
河水向前

我一向言语滔滔
我爱着美丽的云

1986

给母亲（组诗）

1. 风

风很美　果实也美
小小的风很美
自然界的乳房也美

水很美　水啊
无人和你
说话的时刻很美

你家中破旧的门
遮住的贫穷很美

风　吹遍草原
马的骨头　绿了

2. 泉水

泉水　泉水

生物的嘴唇
蓝色的母亲
用肉体
用野花的琴
盖住岩石
盖住骨头和酒杯

3. 云

母亲
老了，垂下白发
母亲你去休息吧
山坡上伏着安静的儿子
就像山腰安静的水
流着天空

我歌唱云朵
雨水的姐妹
美丽的求婚
我知道自己颂扬情侣的诗歌没有了用场

我歌唱云朵
我知道自己终究会幸福
和一切圣洁的人
相聚在天堂

4. 雪

妈妈又坐在家乡的矮凳子上想我
那一只凳子仿佛是我积雪的屋顶

妈妈的屋顶
明天早上
霞光万道
我要看到你
妈妈，妈妈
你面朝谷仓
脚踩黄昏
我知道你日见衰老

5. 语言和井

语言的本身
像母亲
总有话说，在河畔
在经验之河的两岸
在现象之河的两岸
花朵像柔美的妻子
倾听的耳朵和诗歌
长满一地
倾听受难的水

水落在远方

1984；1985 改；1986 再改

九盏灯（组诗）

1. 少年儿子怀孕

呕吐的儿子　低音的鼓
伏在海水深处

而离你身体更近
也就胀破了大地

一片草蛾
青草破了
他破在一个怀孕的花上

2. 月亮

海底下的大火，经过山谷中的月亮
经过十步以外的少女
风吹过月窟
少女在木柴上
每月一次，发现鲜血

海底下的大火咬着她的双腿
我看见远离大海的少女
脸上大火熊熊

八月的月窟同样大火熊熊
背负积水的少女走进痛苦的树林
那鲜血淋注的木柴排成的漆黑的树林

3. 初恋

在月亮上我双手捂住眼睛
在水滴中我双手捂住眼睛
月亮上一个丫头昏睡不醒
月亮上一个丫头明亮的眼睛
月亮上我披衣坐起　身如水滴

4. 失恋之夜

我轻轻走过去关上窗户
我的手扶着自己　像清风扶着空空的杯子
我摸黑坐下　询问自己
杯中幸福的阳光如今何在？

我脱下破旧的袜子
想一想明天的天气

我的名字躺在我身边

像我重逢的朋友
我从没有像今夜这样珍惜自己

1985；1986

雨鞋

我的双脚在你之中
就像火走在柴中

雨鞋和羊和书一起塞进我的柜子
我自己被塞进相柜,挂在故乡
那黏土和石头的房子,房子里用木生火
潮湿的木条上冒着烟
我把撕碎的诗稿和被雨打湿
改变了字迹的潮湿的书信
卷起来,这些灰色的信
我没有再读一遍
普希金将她们和拖鞋一起投进壁炉
我则把这些温暖的灰烬
把这些信塞进一双小雨鞋
让她们沉睡千年
梦见洪水和大雨

1987.1.12　达县

献诗
——给 S

谁在美丽的早晨
谁在这一首诗中

谁在美丽的火中　飞行
并对我有无限的赠予

谁在炊烟散尽的村庄
谁在晴朗的高空

天上的白云
是谁的伴侣

谁身体黑如夜晚　两翼雪白
在思念　在鸣叫

谁在美丽的早晨
谁在这一首诗中

1987. 2. 11

病少女

白蛾子像美丽
黄昏的伤口
在诗人的眼里想起黄昏

听见村庄在外被风吹拂

当你一家三口走下月台
我端坐车中
如月球居民

病少女　无遮拦的盐碱地上的风
吹在你脸上

病少女　清澈如草
眉目清朗，使人一见难忘
听见了美丽村庄被风吹拂

我爱你的生病的女儿，陌生的父亲

1987.2

美丽白杨树

灵魂像山腰或山顶四只恼人的蹄子
移动步履,幻变无常的人类
可还记得白色的杨树　平静而美丽

可还记得　一阵雷声　自远方滚来
高高的天空回荡天堂的声响

幻变无常的人类　可还记得
闪电和雨水中的　白色杨树

在你的河岸上　女人　月亮　马　匆匆而去
四只蹄子在你的河岸上
拥有一间雪中的屋子　婚姻　或一面镜子
这就是大地上你全部的居所

难忘有一日歇脚白杨树下
白色美丽的树!
在黄金和允诺的地上
陪伴花朵和诗歌　静静地开放　安详地死亡

美丽的白杨树　这是一位无名的诗人
使女儿惊讶　而后长成幸福的主妇　不免终老于斯
这是一位无名的诗人使女儿惊讶
美丽的白杨树
这多像弟弟和父亲对她们的忠实

1987. 5. 7

夜晚　亲爱的朋友

在什么树林，你酒瓶倒倾
你和泪饮酒，在什么树林，把亲人埋葬

在什么河岸，你最寂寞
搬进了空荡的房屋，你最寂寞，点亮灯火

什么季节，你最惆怅
放下了忙乱的箩筐
大地茫茫，河水流淌
是什么人掌灯，把你照亮

哪辆马车，载你而去，奔向远方
奔向远方，你去而不返，是哪辆马车

1987. 5. 20 黄昏

晨雨时光

小马在草坡上一跳一跳
这青色麦地晚风吹拂
在这个时刻　我没有想到
五盏灯竟会同时亮起

青麦地像马的仪态　随风吹拂
五盏灯竟会一盏一盏地熄灭

往后　雨会下到深夜　下到清晨
天色微明
山梁上定会空无一人

不能携上路程
当众人齐集河畔　高声歌唱生活
我定会孤独返回空无一人的山峦

1987.5.24

两座村庄

和平与情欲的村庄
诗的村庄
村庄母亲昙花一现
村庄母亲美丽绝伦

五月的麦地上　天鹅的村庄
沉默孤独的村庄
一个在前一个在后
这就是普希金和我　诞生的地方

风吹在村庄
风吹在海子的村庄
风吹在村庄的风上
有一阵新鲜有一阵久远

北方星光照映南国星座
村庄母亲怀中的普希金和我
闺女和鱼群的诗人　安睡在雨滴中
是雨滴就会死亡！

夜里风大　听风吹在村庄
村庄静坐　像黑漆漆的财宝
两座村庄隔河而睡
海子的村庄睡得更沉

1987.2 草稿
1987.5 改

长发飞舞的姑娘（五月之歌）

玫瑰谢了，玫瑰谢了
如早嫁的姐妹飘落，飘落四方
我红色的姐姐，我白色的妹妹
大地和水挽留了她们　熄灭了她们
她们黯然熄灭，永远沉默却是为何？
姐妹们，你们能否告诉我
你们永久的沉默是为了什么

长发飞舞的黑眼睛姑娘
不像我的姐姐　也不像妹妹
不似早嫁的姐妹迟迟不归

如今我坐在街镇的一角
为你歌唱，远离了五谷丰盛的村庄

1987.5

北方的树林

槐树在山脚开花
我们一路走来
躺在山坡上　感受茫茫黄昏
远山像幻觉　默默停留一会

摘下槐花
槐花在手中放出香味
香味　来自大地无尽的忧伤
大地孑然一身　至今仍孑然一身

这是一个北方暮春的黄昏
白杨萧萧　草木葱笼
淡红色云朵在最后静止不动
看见了饱含香脂的松树

是啊，山上只有槐树　杨树和松树
我们坐下　感受茫茫黄昏
莫非这就是你我的黄昏
麦田吹来微风　顷刻沉入黑暗

1987.5

五月的麦地

全世界的兄弟们
要在麦地里拥抱
东方,南方,北方和西方
麦地里的四兄弟,好兄弟
回顾往昔
背诵各自的诗歌
要在麦地里拥抱

有时我孤独一人坐下
在五月的麦地　梦想众兄弟
看到家乡的卵石滚满了河滩
黄昏常存弧形的天空
让大地上布满哀伤的村庄
有时我孤独一人坐在麦地为众兄弟背诵中国诗歌
没有了眼睛也没有了嘴唇

1987.5

月光

今夜美丽的月光　你看多好!
照着月光
饮水和盐的马
和声音

今夜美丽的月光　你看多美丽
羊群中　生命和死亡宁静的声音
我在倾听!

这是一只大地和水的歌谣,月光!

不要说　你是灯中之灯　月光!

不要说心中有一个地方
那是我一直不敢梦见的地方
不要问　桃子对桃花的珍藏
不要问　打麦大地　处女　桂花和村镇
今夜美丽的月光　你看多好!

不要说死亡的烛光何须倾倒

生命依然生长在忧愁的河水上
月光照着月光　月光普照
今夜美丽的月光合在一起流淌

1986.7 初稿
1987.5 改

诗人叶赛宁（组诗）

1. 诞生

星日朗朗
野花的村庄
湖水荡漾
野花！
生下诗人

湖水在怀孕
在怀孕
一对蓓蕾
野花的小手在怀孕
生下诗人叶赛宁

野花的村庄漆黑
如同无人居住
野花，我的村庄公主
安坐痛苦的北方
生下诗人

谁家的窗户
灯火明亮
是野花，一只安详燃烧的灯
坐在泥土的灯台上
生下诗人叶赛宁

2. 乡村的云

乡村的云
故乡
你们俩是
水上的一对孩子

云朵的门啊，请为幸福的人们打开
请为幸福
和山坡上无处躲藏的忧伤的眼睛
打开！

3. 少女

少女
头枕斧头和水
安然睡去
一个春天
一朵花
一片海滩　一片田园

少女
一根伐自上帝
美丽的枝条

少女
月亮的马
两颗水滴
对称的乳房

4. 诗人叶赛宁

我是中国诗人
稻谷的儿子
茶花的女儿
也是欧罗巴诗人
儿子叫意大利
女儿叫波兰
我饱经忧患
一贫如洗
昨日行走流浪
来到波斯酒馆
别人叫我
诗人叶赛宁
浪子叶赛宁
叶赛宁
俄罗斯的嘴唇
梁赞的屋顶

黄昏的面容

农民的心

一颗农民的心

坐在酒馆

像坐在一滴酒中

坐在一滴水中

坐在一滴血中

仙鹤飞走了

桌子抬走了

尸体抬走了

屋里安坐忧郁的诗人

仍然安坐诗人叶赛宁

叶赛宁

不曾料到又一次

春回大地

大地是我死后爱上的女人

大地啊

美丽的是你

丑陋的是我

诗人叶赛宁

在大地中

死而复生

5. 玉米地

微风吹过这座小小的山冈

玉米地里棵棵玉米又瘦又小

我浇水　看着这些小小的可爱又瘦小的叶子
青青杨树叶子喧响在那一头
太阳远远地燃烧
落入一座空空的山谷

树叶是采自诸神的枪枝和婚床
圆形盾牌镌刻着无知的文字

6. 醉卧故乡

故乡的夜晚醉倒在地
在蓝色的月光下
飞翔的是我
感觉到心脏，一颗光芒四射的星辰
醉倒在地，头举着王冠
头举着五月的麦地
举着故乡晕眩的屋顶
或者星空，醉倒在大地上！
大地，你先我而醉
你阴郁的面容先我而醉
我要扶住你
大地！

我醉了
我是醉了
我称山为兄弟、水为姐妹、树林是情人
我有夜难眠，有花难戴

满腹话儿无处诉说
只有碰破头颅
霞光落在四邻屋顶
我的双脚踏在故乡的路上变成亲人的双脚
一路蹒跚在黄昏　升上南国星座
双手飞舞，口中喃喃不绝
我在飞翔
急促而深情
飞翔的是我的心脏
我感觉要坐稳在自己身上
故乡，一个姓名
一句
美丽的诗行
故乡的夜晚醉倒在地

7. 浪子旅程

我是浪子
我戴着水浪的帽子
我戴着漂泊的屋顶
灯火吹灭我
家乡赶走我
来到酒馆和城市

我本是农家子弟
我本应该成为
迷雾退去的河岸上

年轻的乡村教师
从都会师院毕业后
在一个黎明
和一位纯朴的农家少女
一起陷入情网
但为什么
我来到了酒馆
和城市

虽然我曾与母牛狗仔同歇在
露西亚天国
虽然我在故乡山冈
曾与一个哑巴
互换歌唱
虽然我二十年不吱一声
爱着你,母亲和外祖父
我仍下到酒馆——俄罗斯船舱底层
啜泣酒杯的边缘
为不幸而凶狠的人们
朗诵放荡疯狂的诗

我要还家
我要转回故乡,头上插满鲜花
我要在故乡的天空下
沉默寡言或大声谈吐
我要头上插满故乡的鲜花

8. 绝命

此刻在美丽的小镇上
苦乔麦儿香
说声分手吧
和另一位叶赛宁　双手紧紧握住

点着烛火，烧掉旧诗
说声分手吧
分开编过少女秀发的十指
秀发像五月的麦苗　曾轻轻含在嘴里

和另一位叶赛宁分手
用剥过蛇皮蒙上鼓面的人类之手
自杀身亡，为了美丽歌谣的神奇鼓面
蛇皮鼓啊如今你在村中已是泪水灯笼

说声分手吧　松开埋葬自己的十指
把自己在诗篇中埋葬
此刻在美丽的小镇上
不会有苦乔麦儿香

9. 天才

轻雷滚过的风中
白杨树梢摇动

在这个黄昏
我想到天才的命运

在此刻我想起你凡·高和韩波
那些命中注定的天才
一言不发
心情宁静

那些人
站在月亮中把头颅轻轻摇晃
手持火把，腰围面粉袋
心情宁静

暮色苍茫
永不复返的人哪
在孤寂的空无一人的打谷场上
被三位姐妹苦苦留下。

痛苦的天才们
饥渴难捱
可是河中滴水全无
面粉袋中没有一点面粉

轻雷滚过的风中
死者的鞋子，仍在行走
如车轮，如命运
沾满谷物与盲目的泥土

1986. 2 ~ 1987. 5

盲目
——给维特根施坦

那个人躲在山谷里研究刑法
那个人打扰了语言本身
打扰了那个俘虏和园丁

扰乱了谷草的图案
那个人躲在山谷里
研究犯罪与刑法

那个人在寒冷草原搬动木桶
那个人牵着骆驼,模仿沉默的园丁
那个人咀嚼谷草犹如牲畜
那个人仿佛就是语言自身的饥饿

多欲的父亲
娶下饱满的母亲
在部落里怀孕
在酒馆里怀孕
在渔船上怀孕
船舱内消瘦的哲学家思索多欲的父亲

是多么懊恼

多欲的父亲　央求家宅存在　门窗齐全
多欲的父亲　在我们身上　如此使我们恼火

（挺矛而上的哲学家
是一个赤裸裸的人）

是我的裸体
骑上时间绿色的群马
冲向语言在时间中的饥饿和犯罪
那个人躲在山谷里研究刑法

1987. 7. 16

十四行：王冠

我所热爱的少女
河流的少女
头发变成了树叶
两臂变成了树干

你既然不能做我的妻子
你一定要成为我的王冠
我将和人间的伟大诗人一同佩戴
用你美丽叶子缠绕我的竖琴和箭袋

秋天的屋顶　时间的重量
秋天又苦又香
使石头开花　像一顶王冠

秋天的屋顶又苦又香
空中弥漫着一顶王冠
被劈开的月桂和扁桃的苦香

1987. 8. 19. 夜

十四行：玫瑰花园

明亮的夜晚
我来到玫瑰花园
我脱下诗歌的王冠
和沉重的土地的盔甲

玫瑰花园　　玫瑰花园
我们住在绝色美人的身旁　　仿佛住在月亮上
我们谈论佛光中显出的美丽身影
和雪水浇灌下你的美丽的家园

我们谈到但丁　　和他的永恒的贝亚德丽丝
以及天国、通往那儿永恒的天路历程
四川，我诗歌中的玫瑰花园
那儿诞生了你——像一颗早晨的星那样美丽

明亮的夜晚　　多么美丽而明亮
仿佛我们要彻夜谈论玫瑰直到美丽的晨星升起。

1987. 8. 26

日出
——见于一个无比幸福的早晨的日出

在黑暗的尽头
太阳,扶着我站起来
我的身体像一个亲爱的祖国,血液流遍
我是一个完全幸福的人
我再也不会否认
我是一个完全的人我是一个无比幸福的人
我全身的黑暗因太阳升起而解除
我再也不会否认　天堂和国家的壮丽景色
和她的存在……在黑暗的尽头!

1987.8.30　醉后早晨

土地·忧郁·死亡

黄昏，我流着血污的脉管不能使大羊生殖。
黎明，我仿佛从子宫中升起，如剥皮的句子摆上早餐。
夜晚，我从星辰上坠落，使墓地的群马阉割或受孕。
白天，我在河上漂浮的棺材竟拼凑成目前的桥梁或婚娶之船。

我的白骨累累是水面上人类残剩的屋顶。
燕子和猴子坐在我荒野的肚子上饮食男女。
我的心脏中楚国王廷面对北方难民默默无语。
全世界人民如今在战争之前粮草齐备。

最后的晚餐那食物径直通过了我们的少女
她们的伤口　她们颅骨中的缝
最后的晚餐端到我们的面前
一道筵席，受孕于人群：我们自己。

1987.8

十四行：玫瑰花

玫瑰花　蜜一样的身体
玫瑰花园　黑夜一样的头发
覆盖了白雪隆起的乳房

白雪的门　白雪的门外被白雪盖住的两只酒盅
白雪的窗户　白雪的窗内两只火红的玫瑰谷
或两只火红的蜡烛……热情的蜡烛自行燃尽
两只丁当作响的酒盅……热情的酒浆被我啜饮

在秋天我感到了　你的乳房　你的蜜
像夏天的火　春天的风　落在我怀里
像太阳的蜂群落入黑夜的酒浆
像波斯古国的玫瑰花园　使人魂归天堂

肉体却必须永远活在设拉子①
——千年如斯
玫瑰花　你蜜一样的身体

1987.8

---

① 设拉子，一译舍拉子，波斯（今伊朗）地名。

秋

用我们横陈于地的骸骨
在沙滩上写下：青春。然后背起衰老的父亲
时日漫长　方向中断
动物般的恐惧充塞着我们的诗歌

谁的声音能抵达秋之子夜　长久喧响
掩盖我们横陈于地的骸骨——
秋已来临。
没有丝毫的宽恕和温情：秋已来临

1987.8

秋天

你带来水　酒瓶和粮食

秋天　千里内外
树叶安睡大地
果实沉落桶底
发出闷闷声响

让镰刀平放
丰收的草原

秋天的水　上升
直到果实　果实
回声似的对称的乳房

秋天　丰收的篮子
天堂的篮子
盛放——"果实"
病床头刻划的
阿拉伯或恒河
的永久文字

而鱼唱着　梦着　村落
水离开了形状
离开了手

回声
这是两只丰收的篮子　彼此对称
乳房
手

1986.1 草稿
1987.5 改
1987.9 再改

秋日黄昏

火焰的顶端
落日的脚下
茫茫黄昏　华美而无上
在秋天的悲哀中成熟

日落大地　大火熊熊　烧红地平线滚滚而来
使人壮烈　使人光荣与寿同在　分割黄昏的灯
百姓一万倍痛感黑夜来临
在心上滚动万寿无疆的言语

时间的尘土　抱着我
在火红的山冈上跳跃
没有谁来应允我
万寿无疆或早夭襁褓

相反的是　这个黄昏无限痛苦
无限漫长　令人痛不欲生
切开血管
落日殷红

愿有情人终成眷属
愿爱情保持一生
或者相反　极为短暂　匆匆熄灭
愿我从此再不提起

再不提起过去
痛苦与幸福
生不带来　死不带去
唯黄昏华美而无上。

1987.9.3 草稿
1987.10.4 改

九寨之星

很久很久的一盏灯
很久很久以前女神点亮的一盏灯
落满岁月尘土的一盏灯
当她面对湖水
女神的镜子中
变成了两盏
那就是你的一双眼睛
柔似湖水　亮如光明

1987. 10

昌平柿子树

柿子树
镇子边的柿子树

枝叶稀疏的秋之树
我只能站在路口望着她

在镇子边的小村庄
有两棵秋天的柿子树

柿子树下
不是我的家

秋之树
枝叶稀疏的秋之树

1987.11.2

枫

广天一夜
暖如血

高寒的秋之树
长风千万叶
暖如血

一叶知秋
（秋住北方——
青涩坚硬
火焰闪闪的少女
走向成熟和死亡）

多灾多难多梦幻
的北国氏族之女
镰刀和筐内
秋天的头颅落地
姐妹血迹殷红

北国氏族之女

北国之秋住家乡
明日天寒地冻
日短夜长
路远马亡

北国氏族之女
一火灭千秋
虽果亡树在

北国氏族之女
——柿子和枫
相抢□①于此秋天
刀刃闪闪发亮
人头落地　血迹殷红
一只空空的杯子权做诗歌之棺
暖如地血　寒比天风

1987. 11. 2

---

① 原稿有缺字。

尼采,你使我想起悲伤的热带

别人的诗:金黄的秋收俯伏在希腊的大理石上

一只陶罐上
镌刻一尾鱼
我住在鱼头
你住在鱼尾
我在冰天雪地的酒馆忙于宗教
冻得全身发红
你头发松开,充满情欲和狂暴

悲伤的热带
南方的岛屿
我的梦之蛇

你踏上雇佣军向南进军的大道
走出战俘营代价昂贵
辉煌的十年疯狂之门
一眼望见天堂里诗人歌唱的梨花朵朵
像原始人交换新娘后
堆积在梦中岛屿上的盐

水滴中千万颗乳房
歌唱我的一生
热带是
我的心情

是　国王的女儿
蜥蜴和袋鼠跳跃峡谷的女儿
和我
另一位呢喃而疯狂的诗人
同住在一只壶里

我的心情逼迫群蛇起舞　拥抱死亡的鹰
热带的悲伤少女
季节和岁月的火焰
你们都在十五岁就一命归天

水滴中千万颗乳房
归于虚无的热带
古老猎手萌生困惑
在山顶自缢

1987. 11. 6 夜

不幸（组诗）
——给荷尔德林

1. 病中的酒

抬起了一张病床
我的荷尔德林　他就躺在这张床上
马　疯狂地奔驰一阵
横穿整个法兰西

成为纯洁诗人、疾病诗人的象征
不幸的诗人啊
人们把你像系马一样
系在木匠家一张病床上

我不知道
在八月逝去的黄昏
二哥索福克勒斯
是否用悲剧减轻了你的苦痛

当那些姐妹和长老

举起了不幸的羊毛

燃烧的羊毛

像白雪一样地燃烧

他说——不要着急,焦躁的诸神

等一首故乡的颂歌唱完

我就会钻进你们那

黑暗和迟钝的羊角

丰足的羊角　呜呜作响的羊角

王冠和疯狂的羊角:我躺下

——"一万年太久"

只有此羊角　诗歌黑暗　诗人盲目

2. 怀念(或没有收获)

等你手拿钝镰刀

割下白雪和羊毛

不幸的荷尔德林已经发疯

修道院总管的儿子

银行家夫人的情人

不幸的荷尔德林已经发疯

等你建好医院

安放好一张又一张病床

荷尔德林就躺在第一张床上

经历没有收获的日子
那是幸福的
——"收获即苦难。"

只好怀念大雁——
那哭泣和笑容的篮子
当你追随我
来到人类的生活
只好怀念大雁——
那被黄昏染红的肉体的新娘。

3. 牧羊人的舞蹈——对称

——黑暗沉寂之国

（有题无诗）

4. 血以后是黑暗——比血更红的是黑暗

荷尔德林——告诉我那黑暗是什么
他又怎样把你淹没
把你拥进他的怀抱
像大河淹没了一匹骏马

存在者　嘶叫者　和黑暗之桶的主人啊
你——现在又怎样在深渊上飞翔——阴郁地起舞
　——将我抛弃
并将我嘲笑——荷尔德林

你可是也已成为黑暗的大神的一部分
故乡
……我们仍抱着这光中飞散的桶的碎片营造土地和村庄
他们终究要被黑暗淹没
告诉我，荷尔德林——我的诗歌为谁而写

掘地深藏的地洞中毒药般诗歌和粮食
房屋和果树——这些碎片——在黑暗中又会呈现怎样的景象，
　荷尔德林？
延续六年的阴郁的旅行之路啊
兄弟们是否理解？狄奥提马是否同情——她虽已早死？

哪一位神曾经用手牵引你度过这光明和黑暗交织的道路？
你在那些渡口又遇见什么样的老母和木匠的亲人？
他们是幻象？还是真理？
是美丽还是谎言？是阴郁还是狂喜？

还是这两者的合一：统治。
血以后是黑暗——比血更红的是黑暗
我永久永久怀念着你
不幸的兄弟　荷尔德林！

5. 致命运女神

怀抱心上人摔坏的一盏旧灯
怀抱悬崖上幸福的花草纵身而下

红色的大雁
隔河相望美丽村镇

致命运女神的几行诗句
痛苦在山上但说无妨

红色的大雁
在南风中微微吹动

少女食羊　羊食少年死后长出的青青草杆
一团白云卷走了你

随风来去的羊
——命运女神！

1987.11.7 夜录

耶稣(圣之羔羊)

从罗马回到山中
铜嘴唇变成肉嘴唇
在我的身上　青铜的嘴唇飞走
在我的身上　羊羔的嘴唇苏醒

从城市回到山中
回到山中羊群旁
的悲伤
像坐满了的一地羊群

1987.12.28 夜

黎明：一首小诗

黎明
我挣脱
一只陶罐
或大地的边缘

我的双手　向着河流飞翔
我挣脱一只刻划麦穗的陶罐　太阳
我看见自己的面容　火焰
在黎明的风中飘忽不定

我看见自己的面容
火焰　像一片升上天空的大海
像静静的天马
向着河流飞翔

1985 草稿
1987 改

给安庆

五岁的黎明
五岁的马
你面朝江水
坐下

四处漂泊
向不谙世事的少女
向安庆城中心神不定的姨妹
打听你,谈论你

可能是妹妹
也可能是姐姐
也能是姻缘
也可能是友情

1987

九首诗的村庄

秋夜美丽
使我旧情难忘
我坐在微温的地上
陪伴粮食和水
九首过去的旧诗
像九座美丽的秋天下的村庄
使我旧情难忘

大地在耕种
一语不发,住在家乡
像水滴、丰收或失败
住在我心上

1987

在家乡

鸟　在家乡如一只蓝色的手或者子宫
手和子宫
你从石头死寂中茫然无知地上升

羊群……许多蹄子来了又去　反复灭绝
大地发光……月亮的马　飞到雪山和村庄
女人取了一个生蚕豆花的名字"月亮"

"回想我们高高隆起的乳房
总想砸烂船舱
那船长是否独自一人常把我们回想……"

阴暗的女王就是我永远青春的宝剑
当狮子在教堂下舞蹈
你应呼应！即使我没有声音！你应回答！你应发出声音！

水罐摇摇晃晃走上山巅成长为洞窟和房屋
大鸟食麦一株
祖先们更在劳动中丧生

头盖骨，孤独的星，忧伤的星，明亮的星，我的心，坐在头颅
　　上大叫大嚷
我打开龙的第一只骨头，第二只骨头，我将会在第三个耐寒的
　　季节里爬
爬进它的身体，我将躲避我自己的追击

在危险的原野上
落下尸体的地方
那就是家乡

我的自由的尸体在山上将我遮盖　放出花朵的
羞涩香味

1987（?）

盲目

手在果园里
就不再孤单
两只自己的手
在怀孕别的手

1987

灯

我们坐在灯上
我们火光通明
我们做梦的胳膊搂在一起
我们栖息的桌子飘向麦地
我们安坐的灯火涌向星辰

灯光,我明丽又温暖
的橘黄的雪
披上新娘的微黄的发辫

(灯
只有你
你仿佛无鞋
你总是行色匆匆)
灯,你的名字
掌在我手上

灯,月亮上
亮起的心
和眼睛

灯
躲在山谷
躲在北方山顶的麦地

灯啊
我们做梦的房子飘向麦田
桌子上安放求婚的杯盏
祈求和允诺的嘴唇
是灯

灯
一丛美丽
暖和
一个名字
我的秘密
我的新娘
叫小灯

灯
明天的雪中新娘
安坐在屋中
你为什么无鞋
你为什么
竖起一根通红的手指
挡住出嫁日期

1985；1987

灯诗

灯,从门窗向外生活
灯啊是我内心的春天向外生活
黑暗的蜜之女王
向外生活,"有这样一只美丽的手向外生活"

火种蔓延的灯啊
是我内心的春天一人放火
没有火光,没有火光烧坏家乡的门窗
春天也向外生长
度过炎炎大火的一颗火
却被秋天遍地丢弃
让白雪走在酒上享受生活

你是灯
是我胸脯上的黑夜之蜜
灯,怀抱着黑夜之心
烧坏我从前的生活和诗歌

灯,一手放火,一手享受生活
茫茫长夜从四方围拢

如一场黑色的大火
春天也向外生长
还给我自由,还给我黑暗的蜜、空虚的蜜
孤独一人的蜜
我宁愿在明媚的春光中默默死去
"有这样一只美丽的手在酒上生活"
要让白雪走在酒上享受生活

1987（?）

麦地与诗人

询问

在青麦地上跑着
雪和太阳的光芒

诗人,你无力偿还
麦地和光芒的情义

一种愿望
一种善良
你无力偿还

你无力偿还
一颗放射光芒的星辰
在你头顶寂寞燃烧

答复

麦地

别人看见你
觉得你温暖，美丽
我则站在你痛苦质问的中心
　　　　被你灼伤
我站在太阳　痛苦的芒上

麦地
神秘的质问者啊

当我痛苦地站在你的面前
你不能说我一无所有
你不能说我两手空空

麦地啊，人类的痛苦
是他放射的诗歌和光芒！

1987

幸福的一日
——致秋天的花楸树

我无限地热爱着新的一日
今天的太阳　今天的马　今天的花楸树
使我健康　富足　拥有一生

从黎明到黄昏
阳光充足
胜过一切过去的诗
幸福找到我
幸福说:"瞧　这个诗人
他比我本人还要幸福"

在劈开了我的秋天
在劈开了我的骨头的秋天
我爱你，花楸树

1987

重建家园

在水上　　放弃智慧
停止仰望长空
为了生存你要流下屈辱的泪水
来浇灌家园

生存无须洞察
大地自己呈现
用幸福也用痛苦
来重建家乡的屋顶

放弃沉思和智慧
如果不能带来麦粒
请对诚实的大地
保持缄默　　和你那幽暗的本性

风吹炊烟
果园就在我身旁静静叫喊
"双手劳动
　　　慰藉心灵"

1987

秋日想起春天的痛苦　也想起雷锋

春天　春天
他何其短暂
春天的一生痛苦
他一生幸福

又想起你撞开门扇你怀抱春天
你坐下。快坐下，在这如痴如醉的地方
春天的一生痛苦
他一生幸福

春天　春天　春天的一生痛苦
我的村庄中有一个好人叫雷锋叔叔
春天的一生痛苦
他一生幸福

如今我长得比雷锋还大
村庄中痛苦女神安然入睡
春天的一生痛苦
他一生幸福

1985；1987

秋日山谷

我手捧秋天脱下的盔甲
崇山峻岭大火熊熊
秋天宛若昨天的梦境
我们脱落的睫毛　在山谷变成火把

照亮百花凋零的山谷
把她们变幻无常的一生做成酒精
那是秋天的灯　凛然神采坐在远方
那是醉卧荒山野岭的我们……

……饱经四季的摧残
在山谷,我们的头颅在夜里变成明亮的灯盏和酒杯
相互照亮和祝福之后
此刻我们就要逃遁

1987

八月之杯

八月逝去　山峦清晰
河水平滑起伏
此刻才见天空
天空高过往日

有时我想过
八月之杯中安坐真正的诗人
仰视来去不定的云朵
也许我一辈子也不会将你看清

一只空杯子　装满了我撕碎的诗行
一只空杯子　——可曾听见我的喊叫?!
一只空杯子内的父亲啊
内心的鞭子将我们绑在一起抽打

1987

八月　黑色的火把

太阳映红的旷原
垂下衰老的乳房
一如黑夜的火把

人是八月的田野上血肉模糊的火把
怀抱夜晚的五谷
遁入黑暗之中

温暖的五谷
霉烂的五谷
坐在火把上

1987

秋

秋天深了,神的家中鹰在集合
神的故乡鹰在言语
秋天深了,王在写诗
在这个世界上秋天深了
该得到的尚未得到
该丧失的早已丧失

1987

祖国（或以梦为马）

我要做远方的忠诚的儿子
和物质的短暂情人
和所有以梦为马的诗人一样
我不得不和烈士和小丑走在同一道路上

万人都要将火熄灭　我一人独将此火高高举起
此火为大　开花落英于神圣的祖国
和所有以梦为马的诗人一样
我藉此火得度一生的茫茫黑夜

此火为大　祖国的语言和乱石投筑的梁山城寨
以梦为上的敦煌——那七月也会寒冷的骨骼
如雪白的柴和坚硬的条条白雪　横放在众神之山
和所有以梦为马的诗人一样
我投入此火　这三者是囚禁我的灯盏　吐出光辉

万人都要从我刀口走过　去建筑祖国的语言
我甘愿一切从头开始
和所有以梦为马的诗人一样
我也愿将牢底坐穿

众神创造物中只有我最易朽　带着不可抗拒的死亡的速度
只有粮食是我珍爱　我将她紧紧抱住　抱住她　在故乡生儿
　　育女
和所有以梦为马的诗人一样
我也愿将自己埋葬在四周高高的山上　守望平静家园

面对大河我无限惭愧
我年华虚度　空有一身疲倦
和所有以梦为马的诗人一样
岁月易逝　一滴不剩　水滴中有一匹马儿一命归天

千年后如若我再生于祖国的河岸
千年后我再次拥有中国的稻田　和周天子的雪山
　　天马踢踏
和所有以梦为马的诗人一样
我选择永恒的事业

我的事业　就是要成为太阳的一生
他从古至今——"日"——他无比辉煌无比光明
和所有以梦为马的诗人一样
最后我被黄昏的众神抬入不朽的太阳

太阳是我的名字
太阳是我的一生
太阳的山顶埋葬　诗歌的尸体——千年王国和我
骑着五千年凤凰和名字叫"马"的龙——我必将失败
但诗歌本身以太阳必将胜利

1987

黎明和黄昏
——两次嫁妆,两位姐妹

黄昏自我断送
夜色美好
夜色在山上越长越大

马与羊　钻出石头　在山上越长越大

白雪飘落　在这个黄昏
向我隐隐献出
她们自己

我的秘密的女神
我该用怎样的韵律
告诉你,侍奉你
我该用怎样的流血
在山头舔好自己的伤口
了望一望无际的大地
以此慰藉
以"遗忘"为伴侣
我将把自己带出那些可以辨认嘴脸的火把之光

从此踏上无可救药的道路

把肉体当作草原上最后的帐篷
那些神秘的编织女人
纺轮被黄昏的天空映得泛红
血液颜色的轮轴　一夜作响

我屈从于她们
死于剑下的晚霞的姐妹
在夜色中起飞
我屈从于黄昏秘密的飞行
肉体回到黑夜的高空

两半血红的月亮抱在一起
迟至今日
我仍难以诉说

那些背叛父母和家园
却热爱生活的人
为什么要和我结伴上路

我的青春　我的几卷革命札记
被道路上的难民镌刻在一只乞讨生活的木碗上
那只碗曾盛过殷红如血的晚霞和往日一切生活

在死到临头
他是否摔碎

还是留传孩子

晚霞燃烧
厄运难逃
我在人生的尽头
抱住一位宝贵的诗人痛哭失声
却永远无法更改自己的命运

我就是那位被人拥抱的诗人
宝贵的诗人
看见晚霞映照草原
内心痛苦甚于别人

人类犹如黄昏和夜晚的灰烬
散布在河畔　忧伤疲倦
人类犹如火种的脚　在大地上行走

晚霞充满大火
和焦味。一望无际
伸展在平原和荒凉的海滩
两半血红的月亮抱在一起
那是诗人孤独的王座

愿有情人终成眷属
愿麦子和麦子长在一起
愿河流与河流流归一处

浩瀚无际的河水顺着夜色流淌
神秘的流浪国王
在夜色中回到故乡

城市破碎
流浪的国王
我为你歌唱

夜色使平原广大　使北方无限　使烈火吹遍
把北方无尽的黄昏抬向滚滚高空
黎明更高　铺在海洋上

1987

大风

起风的黄昏好像去年秋天
树木损伤的香味弥漫四周

想她头发飘飘
面颊微微发凉
守着她的母亲
抱着她的女儿
坐在盆地中央
坐在她的家中

黄昏幽暗降临
大风刮过天空
万风之王起舞
化为树木受伤

1988. 2. 4

桃花

桃花开放
像一座囚笼流尽了鲜血
像两只刀斧流尽了鲜血
像刀斧手的家园
流尽了鲜血

花儿为什么这样红
像一座雪山壮丽燃烧

我的囚笼起火
我的牢房坍塌
一根根锁链和铁条　戴着火
投向四周黑暗的高原

1987. 11. 1 草稿
1988. 2. 5 改

一滴水中的黑夜

一滴水中的黑夜
一滴泪水中的全部黑夜

一滴无名的泪水
在乡村长大的泪水
飞在乡村的黑夜
山坡上,几棵冬天的草

看见四海龙王　在黄昏之后
举起一片淹没了野鸽子的
漆黑的像黑夜的海水
一样的天空

海水把你推上岸来
一滴水中的黑夜
推到我的怀抱
朝夕相伴,如痴如醉

一滴泪水有她自己的笑容
就像黑夜中闪闪的星星

这些陌生人系好了自己的马
在女王广大的田野和树林

1988. 2. 11

夜色

在夜色中
我有三次受难：流浪、爱情、生存
我有三种幸福：诗歌、王位、太阳

1988.2.28 夜

野鸽子

当我面朝火光
野鸽子　在我家门前的细树上
吐出黑色的阴影的火焰

野鸽子
——这黑色的诗歌标题　我的懊悔
和一位隐身女诗人的姓名

这究竟是山喜鹊之巢还是野鸽子之巢
在夜色和奥秘中
野鸽子　打开你的翅膀
飞往何方？　在永久之中

你将飞往何方？！

野鸽子是我的姓名
黑夜颜色的奥秘之鸟
我们相逢于一场大火

1988.2

眺望北方

我在海边为什么却想到了你
不幸而美丽的人　我的命运
想起你　我在岩石上凿出窗户
眺望光明的七星
眺望北方和北方的七位女儿
在七月的大海上闪烁流火

为什么我用斧头饮水　饮血如水
却用火热的嘴唇来眺望
用头颅上鲜红的嘴唇眺望北方
也许是因为双目失明

那么我就是一个盲目的诗人
在七月的最早几天
想起你　我今夜跑尽这空无一人的街道
明天，明天起来后我要重新做人
我要成为宇宙的孩子　世纪的孩子
挥霍我自己的青春
然后放弃爱情的王位
去做铁石心肠的船长

走遍一座座喧闹的都市
　　我很难梦见什么
除了那第一个七月，永远的七月
七月是黄金的季节啊
当穷苦的人在渔港里领取工钱
我的七月萦绕着我，像那条爱我的孤单的蛇
——她将在痛楚苦涩的海水里度过一生

1987.7 草稿
1988.3 改

跳伞塔

我在一个北方的寂寞的上午
一个北方的上午
思念着一个人

我是一些诗歌草稿
你是一首诗

我想抱着满山火红的杜鹃花
走入静静的跳伞塔

我清楚地意识到
前面就是一条大河
和一个广大的北方草原

美丽总是使我沉醉

已经有人
开始照耀我
在那偏僻拥挤的小月台上
你像星星照耀我的路程

在这座山上
为什么我只看见这么一棵
美丽的杜鹃?

我只看见这么一棵
果然火红而美丽

我在这个夜晚
我住在山腰
房子里
我的前面充满了泉水
或溪涧之水的声音

静静的跳伞塔
心醉的屋子　你打开门
让我永远在这幸福的门中

北方　那片起伏的山峰
远远的
只有九棵树

1988. 4. 23

太阳和野花
——给 AP

太阳是他自己的头
野花是她自己的诗

我对你说
你的母亲不像我的母亲

在月光照耀下
你的母亲是樱桃
我的母亲是血泪

我对天空说
月亮,她是你篮子里纯洁的露水
太阳,我是你场院上发疯的钢铁

太阳是他自己的头
野花是她自己的诗
在一株老榆树的底下
平原上
流过我的骨头

在猎人夫妻的眼中　在山地
那自由的尸首
淌向何方

两位母亲在不同的地方梦着我
两位女儿在不同的地方变成了母亲
当田野还有百合，天空还有鸟群
当你还有一张大弓、满袋好箭
该忘记的早就忘记
该留下的永远留下

太阳是他自己的头
野花是她自己的诗

总是有寂寞的日子
总是有痛苦的日子
总是有孤独的日子
总是有幸福的日子
然后再度孤独

是谁这么告诉过你：
答应我
忍住你的痛苦
不发一言
穿过这整座城市
远远地走来

去看看他　去看看海子
他可能更加痛苦
他在写一首孤独而绝望的诗歌
　　死亡的诗歌

他写道：
平原上
流过我的骨头
当高原的人　在榆树底下休息
当猎人和众神
或起或坐，时而相视，时而相忘
当牛羊和牛羊在草上
看见一座悬崖上
牧羊人堕下，额角流血
再也救不活他了——
他写道：
平原上
流过我的骨头

这时，你要
去看看他

答应我
忍住你的痛苦
不发一言
穿过这整座城市

那个牧羊人
也许会被你救活
你们还可以成亲
在一对大红蜡烛下
这时他就变成了我

我会在我自己的胸脯找到一切幸福
红色荷包、羊角、蜂巢、嘴唇
和一对白色羊儿般的乳房

我会给你念诗：
太阳是他自己的头
野花是她自己的诗

到那时　到那一夜
也可以换句话说：
太阳是野花的头
野花是太阳的诗
他们只有一颗心
他们只有一颗心

1988.5.16 夜
删 86 年以来许多旧诗稿而得

绿松石

这时候　绿色小公主
来到我的身边。
青海湖，绿色小公主
你曾是谁的故乡
你曾是谁的天堂？
当一只雪白的鸟
无法用翅膀带走
人类的小镇
——它留在肮脏的山梁。

和水相比　土地是多么肮脏而荒芜
绿色小公主抹去我的泪水，
说，你是年老的国土上
一位年轻的国王，老年皇帝会伏在你的肩头死去。
土地张开又合拢。

1988. 7. 24

青海湖

这骄傲的酒杯
为谁举起
荒凉的高原

天空上的鸟和盐　为谁举起

波涛从孤独的十指退去
白鸟的岛屿,儿子们围住
在相距遥远的肮脏镇上。

一只骄傲的酒杯
青海的公主　请把我抱在怀中
我多么贫穷,多么荒芜,我多么肮脏
一双雪白的翅膀也只能给我片刻的幸福

我看见你从太阳中飞来
蓝色的公主　青海湖
我孤独的十指化为天空上雪白的鸟

1988. 7. 25

日记

姐姐,今夜我在德令哈,夜色笼罩
姐姐,我今夜只有戈壁

草原尽头我两手空空
悲痛时握不住一颗泪滴
姐姐,今夜我在德令哈
这是雨水中一座荒凉的城

除了那些路过的和居住的
德令哈……今夜
这是唯一的,最后的,抒情。
这是唯一的,最后的,草原。

我把石头还给石头
让胜利的胜利
今夜青稞只属于她自己
一切都在生长
今夜我只有美丽的戈壁　空空
姐姐,今夜我不关心人类,我只想你

1988.7.25 火车经德令哈

黑翅膀

今夜在日喀则,上半夜下起了小雨
只有一串北方的星,七位姐妹
紧咬雪白的牙齿,看见了我这一对黑翅膀

北方的七星　照不亮世界
牧女头枕青稞独眠一天的地方今夜满是泥泞
今夜在日喀则,下半夜天空满是星辰

但夜更深就更黑,但毕竟黑不过我的翅膀
今夜在日喀则,借床休息,听见婴儿的哭声
为了什么这个小人儿感到委屈?是不是因为她感到了黑夜中的
　　幸福

愿你低声啜泣　但不要彻夜不眠
我今夜难以入睡是因为我这双黑过黑夜的翅膀
我不哭泣　也不歌唱　我要用我的翅膀飞回北方

飞回北方　北方的七星还在北方
只不过在路途上指示了方向,就像一种思念
她长满了我的全身　在烛光下酷似黑色的翅膀

1988.7(?)

我飞遍草原的天空

草原上的天空不可阻挡
互相击碎的刀剑飞回家乡
佩在姐妹的脖子上
让裸露,子夜的金银顺河流淌

月亮啊　月亮
把新娘的尸体抬到草原上
一只野花的杯子里　鬼魂千万
"我死在野花杯中　我也是一条命啊"

不可饶恕草原上的鬼魂
不可饶恕杀人的刀枪
不可饶恕埋人的石头
更不可饶恕　天空

我从大海来到落日的正中央
飞遍了天空找不到一块落脚之地
今日有粮食却没有饥饿
今天的粮食飞遍了天空

找不到一只饥饿的腹部
饥饿用粮食喂养
更加饥饿，奄奄一息
草原的天空不可阻挡

今天有家的　必须回家
今天有书的　必须读书
今天有刀的　必须杀人
草原的天空不可阻挡

1988. 8. 13　拉萨

冬天

火的叫声传来
火的叫声微弱
山坡上牛羊拥挤
想起你使我眩晕

*

英雄的猎人
拥着一家酒店
坐在白雪中
心中的黑夜寒冷

1988. 2. 10 故 乡

*

在黑夜里为火写诗
在草原上为羊写诗
在北风中为南风写诗

在思念中为你写诗

1988. 8. 15 日　喀则

*

夜的中心幽暗
边缘发亮　寒冷
这是　火儿
照亮雪山和马

*

大地薄弱
两端锋利
使中心幽暗
难以分辨

七百年前

七百年前辉煌的王城今天是一座肮脏的小镇
当年我打马进城　手提一袋青稞
当年我用一袋青稞换取十八颗人头
还有九颗,葬在城中,下落不明

在山洞里十二只野兽梦想变成老鹰,齐声哀鸣
这是山顶上最后的山洞梦想着天空
突然有一种感觉,好像还是在又饥又饿地走在路上
在幽暗中我写下我的教义,世界又变得明亮

1988.8.18

远方

远方除了遥远一无所有

遥远的青稞地
除了青稞 一无所有

更远的地方 更加孤独
远方啊 除了遥远 一无所有

这时 石头
飞到我身边

石头 长出 血
石头 长出 七姐妹

站在一片荒芜的草原上

那时我在远方
那时我自由而贫穷

这些不能触摸的 姐妹

这些不能触摸的　血
这些不能触摸的　远方的幸福
远方的幸福　是多少痛苦

1988.8.19　萨迦夜，21　拉萨

西藏

西藏,一块孤独的石头坐满整个天空
没有任何夜晚能使我沉睡
没有任何黎明能使我醒来

一块孤独的石头坐满整个天空
他说:在这一千年里我只热爱我自己

一块孤独的石头坐满整个天空
没有任何泪水使我变成花朵
没有任何国王使我变成王座

1988. 8

海底卧室

月亮,喂养耳朵的宝石

杯子,水中的鸡群

草,那嘴唇的发动——花朵

日子,闪电中的七人

原野,用木头送礼

天空,空中散布的白云之药,活动着母亲之卧室

星星,黑色寨子中的夫人,众夫人,胳膊刺花

火种,一只老虎游过皮肤,露出水面

1988.9

无名的野花

看不见你,十六岁的你
看不见无名的,芳香的
正在开花的你。

看不见提着鞋子　在雨中
走在大草原上的
恍惚的女神

看不见你,小小的年纪
一身红色地走在
空荡荡的风中

来到我身边,
你已经成熟,
你的头发垂下像黑夜。
我是黑夜中孤独的僧侣
埋下种籽在石窟中,
我将这九盏灯
嵌入我的肋骨。
无论是白色的还是绿色的

起自天堂或地府的
青海湖上的大风
吹开了紫色血液
开上我的头颅,
我何时成了这一朵
无名的野花?

1988. 11. 2

在大草原上预感到海的降临

我的双手触到草原，
黑色孤独的夜的女儿。

我为我自己铺下干草
夜的女儿，我也为你。

牧羊女打开自己——
一只黑色的羊
蹲伏在你的腹部。

多么温暖的火红的岩石
多么柔软地躺在马车上
月亮形的马，进入了海底。

一夜之间，草原是如此遥远，如此深厚，如此神秘。
海也一样。
一夜之间，
草贴着地长，
你我都是草中的羊。

1988（？）.11.20

花儿为什么这样红

透过泪水看见马车上堆满了鲜花。

豹子和鸟,惊慌地倒下,像一滴泪水
——透过泪水看见
马车上堆满了鲜花。

风,你四面八方
多少绿色的头发,多少姐妹
挂满了雨雪。

坐在夜王为我铺草的马车中。

黑夜,你就是这巨大的歌唱的车辆
围住了中间
说话的火。

一夜之间,草原如此深厚,如此神秘,如此遥远
我断送了自己的一生
在北方悲伤的黄昏的原野。

1988. 11. 20

遥远的路程

十四行献给89年初的雪

我的灯和酒坛上落满灰尘
而遥远的路程上却干干净净
我站在元月七日的大雪中,还是四年以前的我
我站在这里,落满了灰尘,四年多像一天,没有变动
大雪使屋子内部更暗,待到明日天晴
阳光下的大雪刺痛人的眼睛,这是雪地,使人羞愧
一双寂寞的黑眼睛多想大雪一直下到他内部

雪地上树是黑暗的,黑暗得像平常天空飞过的鸟群
那时候你是愉快的,忧伤的,混沌的
大雪今日为我而下,映照我的肮脏
我就是一把空空的铁锹
铁锹空得连灰尘也没有
大雪一直纷纷扬扬
远方就是这样的,就是我站立的地方

1989. 1. 7

面朝大海,春暖花开

从明天起,做一个幸福的人
喂马,劈柴,周游世界
从明天起,关心粮食和蔬菜
我有一所房子,面朝大海,春暖花开

从明天起,和每一个亲人通信
告诉他们我的幸福
那幸福的闪电告诉我的
我将告诉每一个人

给每一条河每一座山取一个温暖的名字
陌生人,我也为你祝福
愿你有一个灿烂的前程
愿你有情人终成眷属
愿你在尘世获得幸福
我只愿面朝大海,春暖花开

1989.1.13

酒杯

你的泪水为我洗去尘土和孤独
你的泪水为我在飞机场周围的稻谷间珍藏
酒杯,你这石头的少女,你这石头的牢房,石头的伞

酒,石头的牢房囚禁又释放的满天奔腾的闪电
昨天一夜明亮的闪电使我的杯子又满又空
看哪!河水带来的泥沙堆起孤独的房屋

看哪!你的房子小得像一只酒杯
你的房子小得像一把石头的伞

多云的天空下　潮湿的风吹干的道路
你找不到我,你就是找不到我,你怎么也找不到我
在昔日山坡的羊群中

酒杯,你是一间又破又黑的旧教室
淹没在一片海水

1989(?)1.14

最后一夜和第一日的献诗

今夜你的黑头发
是岩石上寂寞的黑夜,
牧羊人用雪白的羊群
填满飞机场周围的黑暗

黑夜比我更早睡去
黑夜是神的伤口
你是我的伤口
羊群和花朵也是岩石的伤口

雪山　用大雪填满飞机场周围的黑暗
雪山女神吃的是野兽穿的是鲜花
今夜　九十九座雪山高出天堂
使我彻夜难眠

1989. 1. 16 草稿
1989. 1. 24 改

太平洋的献诗

太平洋　丰收之后的荒凉的海
太平洋　在劳动后的休息
劳动以前　劳动之中　劳动以后
太平洋是所有的劳动和休息

茫茫太平洋　又混沌又晴朗
海水茫茫　和劳动打成一片
和世界打成一片
世界头枕太平洋
人类头枕太平洋　雨暴风狂
上帝在太平洋上度过的时光　是茫茫海水隐含不露的希望

太平洋没有父母　在太阳下茫茫流淌　闪着光芒
太平洋像是上帝老人看穿一切、眼角含泪的眼睛

眼泪的女儿，我的爱人
今天的太平洋不是往日的海洋
今天的太平洋只为我流淌　为着我闪闪发亮
我的太阳高悬上空　照耀这广阔太平洋

1989.2.2

黑夜的献诗
——献给黑夜的女儿

黑夜从大地上升起
遮住了光明的天空
丰收后荒凉的大地
黑夜从你内部上升

你从远方来,我到远方去
遥远的路程经过这里
天空一无所有
为何给我安慰

丰收之后荒凉的大地
人们取走了一年的收成
取走了粮食骑走了马
留在地里的人,埋得很深

草杈闪闪发亮,稻草堆在火上
稻谷堆在黑暗的谷仓
谷仓中太黑暗,太寂静,太丰收
也太荒凉,我在丰收中看到了阎王的眼睛

黑雨滴一样的鸟群
从黄昏飞入黑夜
黑夜一无所有
为何给我安慰

走在路上
放声歌唱
大风刮过山冈
上面是无边的天空

1989. 2. 2

折梅

站在那里折梅花
山坡上的梅花
寂静的太平洋上一封信
寂静的太平洋上一人站在那里折梅花

折梅人在天上
天堂大雪纷纷　一人踏雪无痕
天堂和寂静的天山一样
大雪纷纷
站在那里折梅
亚洲，上帝的伞
上帝的斗篷，太平洋
太平洋上海水茫茫
上帝带给我一封信
是她写给我的信
我坐在茫茫太平洋上折梅，写信

1989. 2. 3

献诗

废弃不用的地平线
为我在草原和雪山升起
脚下尘土黑暗而温暖
大地也将带给我天堂的雷电

家乡的屋顶下摆满了结婚的酒席
陪伴我的全是海水和尘土,全是乡亲
今天,太阳的新娘就是你
太平洋上唯一的人,远在他方

1989. 2. 9

黎明(之一)

(阿根廷请不要为我哭泣)

我的混沌的头颅
是从哪里来的
是从哪里来的运货马车,摇摇晃晃
不发一言,经过我的山冈
马车夫像上帝一样,全身肮脏
伏在自己的膝盖上
抱着鞭子睡去的马车夫啊
抬起你的头,马车夫
山冈上天空望不到边
山冈上天空这样明亮
我永远是这样绝望
永远是这样

1989. 2. 21

黎明(之二)

(二月的雪,二月的雨)

我把天空和大地打扫干干净净
归还给一个陌不相识的人
我寂寞地等,我阴沉地等
二月的雪,二月的雨

泉水白白流淌
花朵为谁开放
永远是这样美丽负伤的麦子
吐着芳香,站在山冈上

荒凉大地承受着荒凉天空的雷霆
圣书上卷是我的翅膀,无比明亮
有时像一个阴沉沉的今天
圣书下卷肮脏而欢乐
当然也是我受伤的翅膀.
荒凉大地承受着更加荒凉的天空

我空荡荡的大地和天空
是上卷和下卷合成一本

的圣书，是我重又劈开的肢体
流着雨雪、泪水在二月

1989. 2. 22

四姐妹

荒凉的山冈上站着四姐妹
所有的风只向她们吹
所有的日子都为她们破碎

空气中的一棵麦子
高举到我的头顶
我身在这荒芜的山冈
怀念我空空的房间,落满灰尘

我爱过的这糊涂的四姐妹啊
光芒四射的四姐妹
夜里我头枕卷册和神州
想起蓝色远方的四姐妹
我爱过的这糊涂的四姐妹啊
像爱着我亲手写下的四首诗
我的美丽的结伴而行的四姐妹
比命运女神还要多出一个
赶着美丽苍白的奶牛　走向月亮形的山峰

到了二月,你是从哪里来的

天上滚过春天的雷,你是从哪里来的
不和陌生人一起来
不和运货马车一起来
不和鸟群一起来

四姐妹抱着这一棵
一棵空气中的麦子
抱着昨天的大雪,今天的雨水
明日的粮食与灰烬
这是绝望的麦子
请告诉四姐妹:这是绝望的麦子
永远是这样
风后面是风
天空上面是天空
道路前面还是道路

1989. 2. 23

拂晓

苍茫的拂晓,黎明
穿上你好久没穿的旧裙子,跟我走
夜的女儿,朝霞的姐妹,黎明
穿过这些山峰,坐落
在这些粗笨的远方和近处
穿过大地的头颅
和河畔这些无人问津的稀疏的荒草
跟我走吧,黎明

你是太阳之火顶端
青色的烟飘渺不定
你就是深夜里刚刚消失又骤然升起的歌声
你穿着一件昨夜弄脏的衣裙走向今天
你嘴里叼着光芒和刀子,披散下的头发遮住眼睛、乳房和面容

提着包袱,渡过肮脏的日子,跟我走吧
这鲜血的包袱一路喧闹
一路喧闹,不得安宁
带上你褐色的地母的乳房跟我走吧
哪怕包袱里只有地瓜,乳房里只有水土

悄悄沿着这原始的大地走去
肮脏的大河在尽头猛然将我们推向海洋

苍茫的拂晓,原始的女人
原始的日子中原始的母亲
陌生的妻子披着鱼皮
在海上遨游着产籽的女儿

敲打着船壳　海洋的埋葬
　　太平洋上没有一口钟和一棵梅树
　　没有一枝梅花在太平洋上开放
　　只有镇子中央
　　废弃不用的土和石头
　　堆成的荒凉山坡

　　跟我走吧,黎明
　　所有的你都是同一个你
　　我难以分辨
　　谁是你　谁是真正的你
　　谁又再一次是你
　　绝望的只是你
　　永不离开的你
　　不在天地间消失

所有的你都默默包扎着死去的你
年老丑陋的女王,这黑夜内部无穷无尽的母亲女王
我早就说过,断头流血的是太阳

所有的你都默默流向同一个方向
断头台是山脉全部的地方
跟我走吧，抛掷头颅，洒尽热血，黎明
新的一天正在来临

1989. 2. 24

黎明（之三）

黎明手捧亲生儿子的鲜血的杯子
捧着我，光明的孪生兄弟
走在古波斯的高原地带
神圣经典的原野
太阳的光明像洪水一样漫上两岸的平原
抽出剑刃般光芒的麦子
走遍印度和西藏
从那儿我长途跋涉　走遍印度和西藏
在雪山、乱石和狮子之间寻求
天空的女儿和诗
波斯高原也是我流放前故乡的山巅

采纳我光明言辞的高原之地
田野全是粮食和谷仓
覆盖着深深的怀着怨恨
和祝福的黑暗母亲
地母啊，你的夜晚全归你
你的黑暗全归你，黎明就给我吧
让少女佩戴花朵般鲜嫩的嘴唇
让少女为我佩戴火焰般的嘴唇

让原始黑夜的头盖骨掀开
让神从我头盖骨中站立
一片战场上血红的光明冲上了天空
火中之火,
他有一个粗糙的名字:太阳
和革命,她有一个赤裸的身体
在行走和幻灭

1987.9.26 夜草稿
1989.3.1 夜改

月全食

我的爱人住在县城的伞中
我的爱人住在贫穷山区的伞中,双手捧着我的鲜血
一把斧子浸在我自己的鲜血中
火把头朝下在海水中燃烧
我的愚蠢而残酷的青春
是同胞兄弟和九个魔鬼
他一直走到黑暗和空虚的深处

火光明亮,我像一条河流将血红的头颅举起
又喧哗着,放到了海水下面
大海的波浪,回到尘土中去
草原上的天空,回到尘土中去
我将你们美丽的骨头带到村头
挂上妻子们的脖子
我的庄园在山顶上越来越寂静
寂静!我随身携带的万年的闪电

暴君,宝剑和伞
混沌中的嘴和剑、鼓、脊椎
暴君双手捧着宝剑,头颅和梅花

在早晨灿烂，信任我的肋骨
天生就是父亲的我
回到尘土中去吧
将被废弃不用

黑色的鸟群，内部团结
内部团结的黑夜
在草原的天空上，黑色羽毛下黑色的肉
黑色的肉有一颗暗红色的星
一群鸟比一只鸟更加孤独

鸟群的父亲，鸟群唯一的父亲
铁打的人也在忍受生活
铁打的人也风雨飘摇
所有的道路都通向天堂
只是要度过路上的痛苦时光
那一天我正走在路上
两边的荒草，比人还高

遥远的路程是我生命的一部分
有一半是在群山上伴着羊群和雨雪，独自一人守候黎明
有一半下到海底看守那些废弃不用的石头和火
那些神秘的母亲们

我看见这景色中只有我自己被上帝废弃不用
我构成我自己，用一个人形，血肉用花朵与火包围着
　　空虚的混沌

我看见我的斧子闪现着人类劳动的光辉
也有疲倦和灰尘

遥远的路程
作为国王我不能忍受
我在这遥远的路程上
我自己的牺牲

我不能忍受太多的秘密
这些全都是你的
潮湿的冬天双手捧给你的
这个全身是雨滴的爱人
这个在闪电中心生活的暴君
也看见姐妹们正在启程

1989.1 草稿
1989.3.9 删

日落时分的部落

日落时分的部落
晚霞映着血红的皇后

夜晚的血,梦中的火
照亮了破碎的城市
北京啊,你城门四面打开,内部空空
在太平洋的中央你眼看就要海水灭顶

海水照亮这破碎的城,北京
你这日落时分的部落凄凉而尖锐
皇后带走了所有的蜜蜂
这样的日子谁能忍受

日落时分的部落,血污涂遍全身
在草原尽头,染红了遥远的秋天
她传下这些灾难,传下这些子孙
躲避灾难,或迎着灾难走去

1989. 3. 11

春天，十个海子

春天，十个海子全部复活
在光明的景色中
嘲笑这一个野蛮而悲伤的海子
你这么长久地沉睡究竟为了什么？

春天，十个海子低低地怒吼
围着你和我跳舞、唱歌
扯乱你的黑头发，骑上你飞奔而去，尘土飞扬
你被劈开的疼痛在大地弥漫

在春天，野蛮而悲伤的海子
就剩下这一个，最后一个
这是一个黑夜的孩子，沉浸于冬天，倾心死亡
不能自拔，热爱着空虚而寒冷的乡村

那里的谷物高高堆起，遮住了窗户
他们把一半用于一家六口人的嘴，吃和胃
一半用于农业，他们自己的繁殖

大风从东刮到西，从北刮到南，无视黑夜和黎明
你所说的曙光究竟是什么意思

1989. 3. 14 凌晨 3~4 点

桃花开放

秋天的火把断了　是别的花在开放
冬天的火把是梅花
现在是春天的火把
被砍断
悬在空中
寂静的
抽搐四肢
罩住一棵树　树林根深叶茂　花朵悬在空中
零散的抒情小诗像桃树　散放在山丘上
桃花抽搐四肢倒在我身上

桃花开放
从月亮飞出来的马
钉在太阳那轰轰隆隆的春天的本上

1987 草稿
1989.3.14 改

你和桃花

旷野上头发在十分疲倦地飘动
像太阳飞过花园时留下的阳光

温暖而又有些冰凉的桃花
红色堆积的叛乱的脑髓

部落的桃花,水的桃花,美丽的女奴隶啊
你的头发在十分疲倦地飘动
你脱下像灯火一样的裙子,内部空空
一年又一年,埋在落脚生根的地方

刀在山顶上呼喊"波浪"
你就是桃花,层层的波浪
我就是波浪和灯光中的刀

旷野上 一把刀的头发像灯光明亮
刀的头发在十分疲倦地飘动
那就是桃花,我们在愤怒的河谷滋生的欲望
围着夕阳下建设简陋的家乡

桃花,像石头从血中生长
一个火红的烧毁天空的座位
坐着一千个美丽的女奴,坐着一千个你

1987 草稿
1989.3.14 改

桃花时节

桃花开放
太阳的头盖骨一动一动,火焰和手从头中伸出
一群群野兽舔着火焰　刃
走向没落的河谷尽头
割开血口子。他们会把水变成火的美丽身躯

水在此刻是悬挂在空气的火焰
但在更深的地方仍然是水
翅膀血红,富于侵略
那就是独眼巨人的桃花时节
独眼巨人怀抱一片桃林

他看见的　全是大地在滔滔不绝地纵火
他在一只燃烧的胃的底部
与桃花骤然相遇
互为食物和王妻
在断头台上疯狂地吐火

乳房吐火
挂在陆地上

从笨重天空跌落的
撞在陆地上　撞掉了头撞烂了四肢
在春天　在亿万人民中间　在群兽吐火的地方
她们产生了幻觉
群兽吐火长出了花朵
群兽一排排　肉包着骨　长成树林
吐火就是花朵　多么美丽的景色

你在一种较为短暂的情形下完成太阳和地狱
内在的火，寒冷无声地燃烧
生出了河流两岸大地之上的姐妹
朝霞和晚霞

无声地在山峦间飘荡
我俩在高原　在命运三姐妹无声的织机织出的牧场上相遇

1987 初稿
1988 初改
1988 底再改
1989.3.14 再改

桃花

曙光中黄金的车子上
血红的，爆炸裂开的
太阳私生的女儿
在迟钝的流着血
像一个起义集团内部
草原上野蛮荒凉的弯刀

1989. 3. 15

春天

春天的时刻上登天空
舔着十指上的鲜血
春天空空荡荡
培养欲望　鼓吹死亡

风是这样大
尘土这样强暴
再也不愿从事埋葬
多少头颅破土而出

春天，残酷的春天
每一只手，每一位神
都鲜血淋淋
撕裂了大地胸膛

太阳啊
你那愚蠢的儿子呢
他去了何方
天空如此辽阔

烧死在悲痛的表面
大海啊
这阳光闪烁
的悲痛表面

秋天的儿子
他去了何方
千秋万代中那唯一的儿子
去了何方?

女儿内心充满仇恨和寒冷
想念你,爱着你,但看不见你
她没有你就像天空没有边缘
天空空空荡荡,一派生机
我们无可奈何
我们无法活在悲痛的中心

天空上的光明
你照亮我们
给我们温暖的生命
但我们不是为你而活着
我们活着只为了自我
也只有短暂的一个春天的早晨

愿你将我宽恕
愿你在这原始的中心安宁而幸福地居住
你坐在太阳中央把斧子越磨越亮,放着光明

愿你在一个宁静的早晨将我宽恕
将我收起在一个光明的中心
愿我在这个宁静的早晨随你而去
忘却所有的诗歌
我会在中心安宁地居住,就像你一样
把他的斧子越磨越亮,吃,劳动,舞蹈
沉浸于太阳的光明

在羊群踩出的道上是羊群的灵魂蜂拥而过
在豹子踩出的道上是豹子的灵魂蜂拥而过
哪儿有我们人类的通道
有着锐利感觉的斧子
像光芒　在我胸口
越磨越亮

太阳的波浪
隐隐作痛
我进入太阳
粗糙而光明
那前一个夜晚
人类携带妻子
疯狂奔跑四散
这是春天
这是最后的春天
他们去了何方?

天空辽阔

低垂黄昏
人类破碎
我内心混沌一片
我面对着春天
我就是她的鲜血和黑暗

我内心浑浊而宁静
我在这里粗糙而光明
大地啊
你过去埋葬了我
今天又使我复活

和春天一起
沉默在我内部
天空之火在我内部
吹向旷野
旷野自己照亮

在最后的时刻　海底
在最后的黎明之前　他们去了何方？

1987.7 草稿
1988.2 二稿
1989.3 三稿

太平洋上的贾宝玉

贾宝玉　太平洋上的贾宝玉
太平洋上：粮食用绳子捆好
贾宝玉坐在粮食上

美好而破碎的世界
坐在食物和酒上
美好而破碎的世界，你口含宝石
只有这些美好的少女，美好而破碎的世界，旧世界
只有茫茫太平洋上这些美好的少女
太平洋上粮食用绳子捆好
从山顶洞到贾宝玉用尽了多少火和雨

1989

献诗

　　黑夜降临，火回到一万年前的火
　　来自秘密传递的火　他又是在白白地燃烧
　　火回到火　黑夜回到黑夜　永恒回到永恒
　　黑夜从大地上升起　遮住了天空

　　1989

龙

黄色的月光
奇怪又空荡

远方就是你一无所有的地方

风吹来的方向
庄稼
音乐
船
龙听着
火光
在高原上
云朵
家乡
原来的地方

草原蒙水
罐

天下龙听着
水流汩汩

女孩子

她走来
断断续续地走来
洁净的脚印
沾满清凉的露水

她有些忧郁
望望用泥草筑起的房屋
望望父亲
她用双手分开黑发
一枝野樱花斜插着默默无语
另一枝送给了谁
却从没人问起

春天是风
秋天是月亮
在我感觉到时
她已去了另一个地方
那里雨后的篱笆像一条蓝色的
小溪

妻子和鱼

我怀抱妻子
就像水儿抱鱼
我一边伸出手去
试着摸到小雨水,并且嘴唇开花

而鱼是哑女人
睡在河水下面
常常在做梦中
独自一人死去

我看不见的水
痛苦新鲜的水
流过手掌和鱼
流入我的嘴唇

水将合拢
爱我的妻子
小雨后失踪
水将合拢

没有人明白她水上
是妻子水下是鱼
或者水上是鱼
水下是妻子

离开妻子我
自己是一只
装满淡水的口袋
在陆地上行走

思念前生

庄子在水中洗手
洗完了手,手掌上一片寂静
庄子在水中洗身
身子是一匹布
那布上沾满了
水面上漂来漂去的声音

庄子想混入
凝望月亮的野兽
骨头一寸一寸
在肚脐上下
像树枝一样长着

也许庄子是我
摸一摸树皮
开始对自己的身子
亲切
亲切又苦恼
月亮触到我
仿佛我是光着身子

光着身子
进出

母亲如门,对我轻轻开着

日光

梨花
在土墙上滑动
牛铎声声

大婶拉过两位小堂弟
站在我面前
像两截黑炭

日光其实很强
一种万物生长的鞭子和血!

月

炊烟上下
月亮是掘井的白猿
月亮是惨笑的河流上的白猿

多少回天上的伤口淌血
白猿流过钟楼
流过南方老人的头顶

掘井的白猿
村庄喂养的白猿
月亮是惨笑的白猿
月亮自己心碎
月亮早已心碎

我坐在一棵木头中

我坐在一棵木头中,如同多年没有走路的瞎子
忘却了走路的声音
我的耳朵是被春天晒红的花朵和虫豸

春天

你迎面走来
冰消雪融
你迎面走来
大地微微颤栗

大地微微颤栗
曾经饱经忧患
在这个节日里
你为什么更加惆怅

野花是一夜喜筵的酒杯
野花是一夜喜筵的新娘
野花是我包容新娘
的彩色屋顶

白雪抱你远去
全凭风声默默流逝
春天啊
春天是我的品质

半截的诗

你是我的
半截的诗
半截用心爱着
半截用肉体埋着
你是我的
半截的诗
不许别人更改一个字

爱情诗集

坐在烛台上
我是一只花圈
想着另一只花圈
不知道何时献上
不知道怎样安放

歌或哭

我把包袱埋在果树下
我是在马厩里歌唱
是在歌唱

木床上病中的亲属
我只为你歌唱
你坐在拖鞋上
像一只白羊默念拖着尾巴的
另一只白羊
你说你孤独
就像很久以前
长星照耀十三个州府
的那种孤独
你在夜里哭着
像一只木头一样哭着
像花色的土散着香气

我的窗户里埋着一只为你祝福的杯子

那是我最后一次想起的中午
那是我沉下海水的尸体
回忆起的一个普通的中午

记得那个美丽的
穿着花布的人
抱着一扇木门
夜里被雪漂走

梦中的双手
死死捏住火种

八条大水中
高喊着爱人

小林神,小林神
你在哪里

果园

鹿的眼
两扇有婴儿啼哭
的窗户。沉积在
有河水的果园中
鹿的角
打下果实
打下果实中
劳动的妇人
体内美如白雪的婴儿
已被果园的火光
烧伤。妇人依然
低坐
比果树
比鹿
比夜晚
更低。更沉
比谷地更黑

死亡之诗(之一)

漆黑的夜里有一种笑声笑断我坟墓的木板
你可知道,这是一片埋葬老虎的土地

正当水面上渡过一只火红的老虎
你的笑声使河流漂浮
的老虎
断了两根骨头
正在这条河流开始在存有笑声的黑夜里结冰
断腿的老虎顺河而下,来到我的
窗前

一块埋葬老虎的木板
被一种笑声笑断两截

死亡之诗(之二:采摘葵花)
——给凡·高的小叙事:自杀过程

雨夜偷牛的人
爬进了我的窗户
在我做梦的身子上
采摘葵花

我仍在沉睡
在我睡梦的身子上
开放了彩色的葵花
那双采摘的手
仍像葵花田中
美丽笨拙的鸽子

雨夜偷牛的人
把我从人类
身体中偷走
我仍在沉睡
我被带到身体之外
葵花之外,我是世界上
第一头母牛(死的皇后)

我觉得自己很美
我仍在沉睡

雨夜偷牛的人
于是非常高兴
自己变成了另外的彩色母牛
在我的身体中
兴高采烈地奔跑

自杀者之歌

伏在下午的水中
窗帘一掀一掀
一两根树枝伸过来
肉体,水面的宝石
是对半分裂的瓶子
瓶里的水不能分裂

伏在一具斧子上
像伏在一具琴上

还有绳索
盘在床底下
林间的太阳砍断你
像砍断南风

你把枪打开,独自走回故乡
像一只鸽子
倒在猩红的篮子上

给萨福

美丽如同花园的女诗人们
相互热爱,坐在谷仓中
用一只嘴唇摘取另一只嘴唇

我听见青年中时时传言道:萨福

一只失群的
钥匙下的绿鹅
一样的名字。盖住
我的杯子

托斯卡尔的美丽的女儿
草药和黎明的女儿
执杯者的女儿

你野花
的名字
就像蓝色冰块上
淡蓝色的清水溢出

萨福萨福
红色的云缠在头上
嘴唇染红了每一片飞过的鸟儿
你散着身体香味的
鞋带被风吹断
在泥土里

谷色中的嘤嘤之声
萨福萨福
亲我一下

你装饰额角的诗歌何其甘美
你凋零的棺木像一盘美丽的
棋局

大自然

让我来告诉你
她是一位美丽结实的女子
蓝色小鱼是她的水罐
也是她脱下的服装
她会用肉体爱你
在民歌中久久地爱你

你上上下下瞧着
你有时摸到了她的身子
你坐在圆木头上亲她
每一片木叶都是她的嘴唇
但你看不见她
你仍然看不见她

她仍在远处爱着你

不幸

四月的日子　最好的日子
和十月的日子　最好的日子
比四月更好的日子
像两匹马　拉着一辆车
把我拉向医院的病床
和不幸的病痛

有一座绿色悬崖倒在牧羊人怀中
两匹马
在山上飞

两匹马
白马和红马
积雪和枫叶
犹如姐妹
犹如两种病痛
的鲜花

泪水

最后的山顶树叶渐红
群山似穷孩子的灰马和白马
在十月的最后一夜
倒在血泊中

在十月的最后一夜
穷孩子夜里提灯还家　泪流满面
一切死于中途　在远离故乡的小镇上
在十月的最后一夜

背靠酒馆白墙的那个人
问起家乡的豆子地里埋葬的人
在十月的最后一夜
问起白马和灰马为谁而死……鲜血殷红

他们的主人是否提灯还家
秋天之魂是否陪伴着他
他们是否都是死人
都在阴间的道路上疯狂奔驰

是否此魂替我打开窗户
替我扔出一本破旧的诗集
在十月的最后一夜
我从此不再写你

喜马拉雅

高原悬在天空
天空向我滚来
我丢失了一切
面前只有大海

我是在我自己的远方
我在故乡的海底——
走过世界最高的地方
喜马拉雅　喜马拉雅

你是谁
饥饿
怀孕
把无尽的
滚过天空的头颅
放回天空

我从大海来到落日的中央
飞遍了天空找不到一块落脚之地
今日有粮食却没有饥饿

今天的粮食飞遍了天空

找不到一只饥饿的腹部
饥饿用粮食喂养
更加饥饿，奄奄一息
草原上的天空不可阻挡

嘴唇和我抱住河水
头颅和他的姐妹
在大河底部通向海洋
割下头颅的身子仍在世上
最高的一座山
仍在向上生长

雨

打一只火把走到船外去看山头被雨淋湿的麦地
又弱又小的麦子

然后在神像前把火把熄灭
我们沉默地靠在一起
你是一个仙女,住在庄园的深处

月亮　你寒冷的火焰　你雨衣中裸体少女依然新鲜

今天夜晚的火焰穿戴得像一朵鲜花
在南方的天空上游泳
在夜里游泳,越过我的头顶

高地的小村庄又小又贫穷
像一棵麦子
像一把伞
雨中裸体少女沉默不语

贫穷孤独的少女　像女王一样　住在一把伞中

阳光和雨水只能给你尘土和泥泞
你在伞中，躲开一切
拒绝泪水和回忆

马、火、灰——鼎

有了安慰,马飞来了,甚至有了盐,有了死亡

有了安慰,有了爪子,有了牙,甚至有了故乡,不缺乏春天
仍然缺少一具多么坚强的骷髅牢牢锁住我　多么牢固
我的舞蹈举起一片消费人血的灯
和耗尽什么的头颅　麦芒在煮光了自己之后
只剩下空秆之火　不尽诉说

有了安慰,有了马、火、灰、鼎,甚至有了夜晚
仍然缺少鬼魂,死过一次的缺少再次死亡
两姐妹只死了一个,天空却需要她们全部死亡
最好是无人收拾雪白的骨殖　任荒山更加荒芜下去
只剩一片沙漠　和　戈壁

有了安慰,而我们是多么缺少绝望
我所在的地方滴水不存,寸草不生,没有任何生长

水抱屈原

举着火把、捕捉落入
水的人

水抱屈原：如夜深打门的火把倒向怀中
水中之墓呼唤鱼群

我要离开一只平静的水罐
骄傲者的水罐——
宝剑埋在牛车的下边

水抱屈原：一双眼睛如火光照亮
水面上千年羊群
我在这时听见了世界上美丽如画

水抱屈原是我
如此尸骨难收

给伦敦

马克思、维特根施坦
两个人，来到伦敦
一前一后，来到这个大雾弥漫的
岛国之城
一个宏伟的人，一个简洁的人
同样的革命和激进
同样的一生清贫
却带有同样一种摧毁性的笑容
内心虚无
内心贫困
在货币和语言中出卖一生
这还不是人类的一切啊！
石头，石头，卖了石头买石头
卖了石头换来石头
卖了石头还有石头
　　　石头还是石头，人类还是人类

麦地(或遥远)

发自内心的困扰　饱含麦粒的麦地
内心暴烈
麦粒在手上缠绕

麦粒　大地的裸露
大地的裸露　在家乡多孤独
坐在麦地上忘却粮仓　歉收或充盈的痛苦
谷仓深处倾吐一句真挚的诗　亲人的询问

幸福不是灯火
幸福不能照亮大地
大地遥远　清澈镌刻
痛苦
海水的光芒
映照在绿色粮仓上
鱼鲜撞动

沙漠之上的雪山
天空的刀刃
冰川　散开大片羽毛的光
大片的光　在河流上空　痛苦地飞翔

两行诗

1.

海水点亮我
垂死的头颅

2.

我是黄昏安放的灵床:车轮填满我耻辱的形象
落日染红的河水如阵阵鲜血涌来（86.87.88）

3.

起风了
太阳的音乐　太阳的马

4.

在远远被雪山围住的亲人中央
为他画一果实　画两只乳房

5.

疾病中的酒精
是一对黑眼睛

6.

妹妹瞎了　但她有六根手指
她被荷马抱在怀中

7.

寂静太喜爱
闪电中的猎人

四行诗

1. 思念

像此刻的风
骤然吹起
我要抱着你
坐在酒杯中

2. 星

草原上的一滴泪
汇集了所有的愤怒和屈辱
泪水,走遍一切泪水
仍旧只是一滴

3. 哭泣

天鹅像我黑色的头发在湖水中燃烧
我要把你接进我的家乡
有两位天使放声悲歌

痛苦地拥抱在家乡屋顶上

4. 大雁

绿蒙蒙的草原上
一个美好少女
在月光照耀的地方
说　好好活吧，亲爱的人

5. ①

当强盗留下遗言后
夜深独坐，把地牢当作果园
月亮吹着一匹强盗的马
流淌着泪水

6. 海伦

盲诗人荷马
梦着　得到女儿
看得见她　捧着杯子
用我们的双眼站在他面前

---

① 海子未列小标题。

图书在版编目（CIP）数据

海子诗集 / 海子著. --北京：人民日报出版社，
2017.9
ISBN 978-7-5115-4887-0

Ⅰ. ①海… Ⅱ. ①海… Ⅲ. ①诗集－中国－当代
Ⅳ. ①I227

中国版本图书馆 CIP 数据核字（2017）第206217号

书　　名：	海子诗集
作　　者：	海　子
出 版 人：	董　伟
责任编辑：	陈　红
装帧设计：	刘　晓
出版发行：	人民日报出版社
社　　址：	北京金台西路2号
邮政编码：	100733
发行热线：	（010）65369509　65369527　65369846　65363528
邮购热线：	（010）65369530　65363527
编辑热线：	（010）65369844
网　　址：	www.peopledailypress.com
经　　销：	新华书店
印　　刷：	三河市恒升印装有限公司
开　　本：	710 mm×1000 mm　1/16
字　　数：	215 千
印　　张：	18
印　　次：	2017年11月第1版　2017年11月第1次印刷
书　　号：	ISBN 978-7-5115-4887-0
定　　价：	28.00 元

书目表
SHU MU BIAO

书名	定价	书名	定价
童年	18.00 元	冯骥才精选集	28.00 元
名人传	20.00 元	张贤亮精选集	28.00 元
鲁滨孙漂流记	20.00 元	汪曾祺精选集	28.00 元
汤姆·索亚历险记	18.00 元	高晓声精选集	28.00 元
汤姆叔叔的小屋	16.00 元	沈从文精选集	25.00 元
假如给我三天光明	23.00 元	林海音精选集	25.00 元
泰戈尔诗集	20.00 元	林徽音精选集	18.00 元
老人与海	16.00 元	鲁迅精选集	21.00 元
金银岛	16.00 元	老舍精选集	20.00 元
瓦尔登湖	20.00 元	萧红精选集	21.00 元
在人间 我的大学	30.00 元	徐志摩精选集	21.00 元
战争与和平（上下）	70.00 元	朱自清精选集	21.00 元
母亲	24.00 元	艾青诗集	28.00 元
基督山伯爵（上下）	65.00 元	海子诗集	28.00 元
红与黑	28.00 元	迟子建精选集	28.00 元
堂吉诃德	40.00 元	毕淑敏精选集	29.00 元
三个火枪手	37.00 元	林夕精选集	28.00 元
简·爱	30.00 元	刘心武精选集	28.00 元
飘（上下）	58.00 元	贾平凹精选集	28.00 元
海底两万里	23.00 元	白洋淀纪事	29.00 元
古希腊神话与传说	31.00 元	唐诗三百首	25.00 元
钢铁是怎样炼成的	25.00 元	宋词三百首	31.00 元
复活	28.00 元	寂静的春天	20.00 元
呼啸山庄	20.00 元	我是猫	26.00 元
福尔摩斯探案集	37.00 元	给青年的十二封信	15.00 元
大卫·科波菲尔（上下）	52.00 元	谈美书简	18.00 元
巴黎圣母院	29.00 元	奇迹总会有	30.00 元
悲惨世界（上下）	65.00 元	三千里地九霄云	30.00 元
傲慢与偏见	20.00 元	顾城诗集	28.00 元
莎士比亚戏剧集	20.00 元	西游记（上下）	46.00 元
猎人笔记	22.00 元	水浒传（上下）	56.00 元
昆虫记	18.00 元	三国演义（上下）	40.00 元
镜花缘	31.00 元	红楼梦（上下）	56.00 元
四世同堂	59.00 元		